わけあり招喚士の婚約

冥府の迎えは拒否します

JN267376

紫　月　恵　里

E R I　S H I D U K I

一迅社文庫アイリス

CONTENTS

セルジュ・バリエ

招喚士学院一年。ファニーのお目付け役も兼ねて学院に入学した美少年。好戦的で皮肉屋。

ハルキ・ユキシロ

招喚士学院二年。男子寮の副寮長で、セルジュの指導生。他国からの留学生。

ケルベロス

地獄の番犬として畏れられる怪物。アルフレッドが召喚しているときは、三つの頭の小型犬の姿であることが多い。

ニコラ・ダルマス

ファニーとセルジュの同級生。
猪突猛進のワンコ系少年。実家はパン屋。

✦マティアス・レティ・ウィンダリア✦

招喚士学院三年。男子寮の寮長で、ニコラの指導生。ウィンダリア国の第一王子。

✦ヴィクトル・アークライト✦

アルフレッドの祖父。
ウィンダリア招喚士学院理事長。

✦ベネット・エイベル✦

学院の修士課に在籍する青年。
おどおどした態度の気弱な人物。

✦ガイ・ラングトン✦

ファニーの兄。二級招喚士。
右目に傷がある。野性味あふれる青年。

✦用語✦

◆ウィンダリア
肥沃な国土を持つ王国。王都はミストレイ。

◆招喚士
神々や精霊、怪物などを招喚し、様々な事象に対応してもらう職業。招喚石という石を握って産まれてくる者が招喚士になれる資格を持つ。

◆招喚石
純度が高いものは本人しか使えず、高位の招喚対象を喚ぶことができる。高位の招喚を成功させるごとに招喚石の純度を上げることができる。

◆ウィンダリア招喚士学院
ウィンダリアの王都ミストレイにある、招喚士を育成する国立の学院。

◆アエトス
主神。天空を司る神。神々の王にして、天空の覇者。

アルフレッド・アークライト
招喚士学院二年で、ファニーの指導生兼ルームメイト。珍しい赤い瞳の持ち主。ふざけたような態度で周囲に接し、常人には理解できないセンスでアレンジした派手な制服を着ている。招喚士として優秀で、ケルベロスを常時招喚し続けることができる。
ステファン・ラングトン
ウィンダリア招喚士学院一年。愛称ファニー。短命と宣告されていたが、神と契約し性別を男と偽って生きることで延命に成功する。優秀な招喚士を輩出してきたラングトン家の長女（表向きは次男）。明朗快活だが少しだけ天然なところがある。
わけあり
招喚士の婚約
人物紹介
冥府の迎えは拒否します

イラストレーション◆伊藤明十

WAKEARI SYOUKANSHI NO KONYAKU

『入学許可証
　ステファン・ラングトン殿
　貴殿をウィンダリア招喚士学院の学生として迎え入れる。
　輝かしい未来を築くのも、努力を怠り、陰の道を歩むのもすべては自分次第。
　三年間、よく学び、よく遊び、そしてかけがえのない宝を手に入れられるよう、悔いのない学生生活を送ることを期待している。

　と、まあ、堅苦しいことはここまでとして、とにもかくにもおおいに失敗して悩みなさい。

　失敗も、悩みも決して恥ではないのだから。

　理事長室はいつでも悩める若人《わこうど》に向けて扉を開けている。

　茶飲み友達感覚で気軽に訪ねてきてほしい。

　いつでも大歓迎だ。大歓迎だからな？　本当だからな？

　我がアスフォデルの銀花に誓って私は嘘《うそ》は言わない。

　おっと、最後になってしまったが、合格おめでとう、我が学舎《まなびや》であいまみえることを楽しみにしている。

　　　　　　　　　理事長　ヴィクトル・アークライト』

プロローグ

見なかったことにしてしまいたい。

目の前でふてぶてしい笑みを浮かべて見上げてくる子供から、ファニーは全力で視線をそらした。

招喚士学院の古びた、それでいて頑丈な造りの実技場内には、立っていられないほどの風が巻き起こっていたが、なぜかファニーとすぐ側《そば》に立つ子供の周りでは髪の先ほども揺らいでいない。

ふいに上着の端が、強く引っ張られた。子供とは思えぬほどの力強さによろめいて、彼がたしかにそこに存在しているのだと改めて実感する。

『私を喚《よ》んだのはお前だな。ステファン・ラングトン。人の子の娘よ』

呼びかける声は音にはならず、ファニーの頭の中にだけに直接響く。幼い見た目に反して身がすくみ上がるような威厳を感じて、ふるりと肩を震わせた。

男の名前だが『ステファン・ラングトン』はたしかに自分の名前だ。愛称の『ファニー』で呼ばれ慣れているとはいえ、聞き間違えるはずがない。ファニーは強《こわ》ばってしまった唇をどうにか動かした。

「……あなたの名前は？」

まるで開けてはならない箱を開けてしまったかのような心もちで、最後の希望を込めて子供を見つめる。手にしていた自分の瞳《ひとみ》と同じ鮮やかな空色の招喚石がファニーの焦燥感を示すかのように、ちかちかと明滅していた。

子供は黄金色の双眸《そうぼう》を細めて、泰然と微笑した。その髪は白髪に見えるが、窓から差し込む柔らかな春の日差しを受けて、わずかに虹色《にじいろ》の光を反射させる。

『神に名を尋ねるとは、不遜《ふそん》な娘よ。その勇気に免じて答えてやろう。――我が名はアエトス。神々の王にして、天空の――』

「間違えました。お還《かえ》りください」

『……名乗れというから名乗ってやろうとしたのに、途中で遮るな！』

「いえ、もう十分わかりました。わかりましたから。招喚する方を間違えましたので、申し訳ありませんが、お還りください」

『つべこべいわず名乗らせろ！　我が名はアエトス。神々の――』

「……だから間違えたんです！」

ファニーが招喚石を指先で弾《はじ》くと、子供の頭上に傘のように広がる招喚陣がガラスが割れるような音とともに崩れる。それと同時に、黄金の瞳を大きく見開いた子供と、室内に吹き荒れていた強風が招喚陣の欠片《かけら》に吸い込まれるようにして、瞬く間に消え失《う》せた。

ファニーは肩で息をしながら、その場に片膝《かたひざ》をついた。招喚士の兄や父から初めての招喚術は疲れると聞いていたが、予想以上に持っていかれた体力に、立っているのもきつい。

顎《あご》をつたって流れた汗をぬぐい、はたと気付く。

（なんで、こんなに静かなんだろう……？）

今は、ウィンダリア招喚士学院の入学試験の真っただ中だ。中二階の観客席には、学院の主要な教師のほか、優秀な招喚士の原石に出資したいという貴族、そして試験を終えた受験生などがひしめいているはず。こんな、水を打ったかのような静けさが漂うわけがない。

原因はわかりすぎるほどわかっている。

まだ招喚術を正式に学んでいないただの受験生が、あんな大物の神を喚んでしまったのだから。

黄金色の双眸に、光の反射でともすれば虹色に見える白髪を持つ神は、ひとりしかいない。

——神々の王にして、天空の覇者、アエトス。

数多いる神々の頂点に君臨し、めったなことでは招喚できない神。

（試験用の招喚図なのに、どうしてアエトス様が出てくるんだ……）

アエトスはアエトスの招喚図でしか喚べない。渡された試験用の招喚図は、もっと下位の精《ニュン》霊《ペー》を無作為に喚ぶものだったはずだ。

ファニーはおそるおそる顔を上げた。まず目が合ったのは、呆然《ぼうぜん》と立ち尽くしている試験官のすぐ側の椅子《いす》に悠然と座った老人だった。吹けば飛ぶような、悪く言えばまるで図鑑で目にした木乃伊《ミイラ》のようなその姿に反して力強い双眸に見据えられ、ファニーはごくりと喉《のど》を鳴らした。

「おや、すごい方が出てきたな。感心感心」

あくまでゆったりした口調なのに、なぜか背筋が冷えた。慌てて立ち上がり、誤魔化すようにへらりと笑う。

「なんか、出てきちゃいました。偶然、主神に似た方が」

「ふふふ、そうか、そうだな。そういうことにしておこう」

何食わぬ笑みを浮かべた老人を皮切りに、試験を見学していた人々が口々に喋《しゃべ》り出す。

「アエトス様を追い返したぞ」

「なんて、不敬な」

「いや、だが本当にあの方は主神か？」

落ちてくるざわめきと、それにともなう驚愕《きょうがく》の視線を向けられて、ファニーは焦りを押し隠すように唇を引き結んだ。

（まさかアエトス様が出てくるとは思わなかったから、驚いて追い返しちゃったけど、やっぱりまずかった、よね。目立ちたくなかったのに……！）

老人がぱん、と手を打つ。

「――さて、次の者！」

老人の一喝にも似た声に、それまで棒立ちになっていた試験官がはっと我に返り、手にしていた書類をめくった。見学者もまた、試験中だと思い出したのか、気まずそうに口を閉ざす。

「ありがとうございました！」

一礼して、試験官の脇《わき》をそそくさと通り抜けようとしたファニーはふと老人に目を向けた。

老人のクラヴァットに留められた百合《ゆり》にも似たアスフォデルの花を模した銀のブローチを見て、湧《わ》き起こった羨望《せんぼう》に、決意も新たに小さく頷《うなず》く。

アスフォデルの銀花は一級招喚士の証《あかし》だ。招喚士ならば、誰《だれ》もがそれを目指す。

（まずは、合格しないと駄目だけど。実技、どう評価されるかな。ああ、次は筆記か……）

明日《あす》の筆記試験を思い浮かべて、憂鬱《ゆううつ》な気分になりながら、ファニーは実技場を後にした。


ファニーが実技場から去ると、老人――ウィンダリア招喚士学院理事長ヴィクトル・アークライトは、側に立っていた試験官から彼が手にしていた書類を奪った。

「あっ、理事長、だ、駄目ですよ。あ、明日の筆記試験が終わるまでは、合格サインを書いたら、だ、駄目ですからね！」

「ということは、おぬしも合格だと思っているわけだな」

ざっとファニーの経歴書に目を通したヴィクトルは、それを試験官に返し、にやりと笑った。

あっと慌てて口をつぐんだ試験官は、それ以上はなにも言うものかというように、ファニーと入れ替わりに実技場に立った受験生に向きなおった。

それを横目で見つつ、腕を組む。

(なるほど、例のラングトン家の子か。大きくなったものだ。——よし、不肖の孫に面倒を見させるか)

お孫様は手に負えないと泣きついてくる教師が多いと学院長から聞いていたが、新入生の面倒を見るように、と押し付ければすこしは大人《おとな》しくなってくれるかもしれない。

人との関わりに興味を持たせるには、ファニーはうってつけの人材だ。

なにしろ、神をも恐れずに堂々と追い返したくらいなのだから。

ヴィクトルは、実技場の中央で次の受験者が招喚陣を描くのを眺めながら、ひとり悦に入ったようにほくそ笑んだ。

そしてそれは同時に、ファニーの騒がしくも面倒な、そして楽しい学生生活が決定された瞬間だった。

第一章　指導生は道化師でした

ウィンダリアの王都、ミストレイの片隅にその学院はあった。

ウィンダリア招喚士学院。

その名の通り招喚士を育成する国立の学校である。

創立からおよそ百八十年。それ以前に招喚士になるには、個別に招喚士に教えを請い、その師から許可を貰《もら》えば招喚士を名乗ることができた。だが、そのほとんどがすべての秘術を会得しているとはいえず、要するに力不足の招喚士や、偽の招喚士が横行したのである。

偽の招喚を行い、助けを求める人々から金品をせしめようとする輩《やから》や、不完全な招喚で数多《あまた》の神々の怒りにふれ、精霊の気まぐれに振り回され、怪物の餌食《えじき》になる者が絶えなかった。

それを憂いた当時の王弟が、優秀な本物の招喚士を師として迎え、王都の端に招喚士を育てる学校を創立した。

学びたい者には誰《だれ》にでも門戸を開いていたため、それによって国内外から多くの人々が集まり、時に稀代《きだい》の招喚士と呼ばれる者を世に送り出してきたのである。

「我がウィンダリア招喚士学院、初代理事長はこう言った。『招喚術とは交渉術でもある。姿なきものを喚《よ》び招き、己の望みをどれほど正確に伝え、理解してもらうか』」

静まり返った講堂内に朗々とした声が響き渡る。

ファニーは壇上で入学の祝辞を述べる理事長を後目《しりめ》に、緊張した面持ちの新入生を浮き立つような思いで見回していた。

「ファニー、きょろきょろとしすぎです。田舎者《いなかもの》だと思われて笑われます」

ふいに、傍らに並んで座っていた銀髪の少年に、ため息とともに小声で愛称を呼ばれて、ファニーは目を瞬《まばた》いた。

「田舎者だと思われると、どうして笑われるの？」

「……はあ、あなたにわからせようとするオレが馬鹿《ばか》でした」

「セルジュ？」

呆《あき》れたような表情でかけていた眼鏡《めがね》を押し上げるセルジュを、不審そうに眺めながら首を傾《かし》げる。

事実、自分とそして姉弟も同然に育ったセルジュの住んでいたフィーズベルト州はウィンダリアの国境だ。隣国との流通の拠点ともいわれるフィーズベルトはたしかにど田舎とはいえないが、それでもこの招喚士学院がある王都の人間から見れば十分に田舎だろう。だがそこになんの問題があるというのか。

唇を引き結び、すでに答えてくれるつもりはなさそうなセルジュに、ファニーはとりあえず笑いかけた。

「なんだかよくわからないけど、心配してくれてありがとう。田舎者が認められなくても、セルジュと一緒なら心強いな。頼りにしているから、ふたりで頑張ろう」

「べつに、心配なんかしていません。ただオレはファニーのお父上——旦那《だんな》様が泣いてすがって頼むので、あなたのお目付け役を引き受けただけですから。孤児になったオレを引き取ってくださった恩返しです。それにオレはこの学院の蔵書を読むのに忙しいので、あなたにかまってばかりはいられません」

つんと顎《あご》をわずかに上げてつれないことを言うセルジュだったが、それでもほんのりとその耳が赤いのに気付いて、ファニーは思わず苦笑した。

自分よりひとつ年下、十五歳のセルジュは、ファニーより若干背が低く、銀の髪に、大きな翡翠色《ひすいいろ》の瞳《ひとみ》をした、まるで少女のように優しく上品な顔立ちをしている。あと数年たてば男性らしくもなるだろうが、今はまだ可愛《かわい》らしいだけだ。

セルジュが不機嫌そうに鼻をならす。

「笑っている場合ですか？　いくら記憶力が悪くて、受かったのが不思議なくらい筆記試験がボロボロでも、旦那様と交わしたここで学ぶ条件はちゃんと覚えていますよね？　オレも巻き込んだんですから、当然覚えていますよね？」

「それは……筆記で高得点を取るセルジュとは比べようもないけど、ちゃんと覚えているって」

歯切れの悪い返事と共に、頰《ほお》をかく。故郷を出てくる際に入学に反対した父と大喧嘩《おおげんか》の末、約束させられたことを思い浮かべて、一気に高揚していた気分が萎《な》えた。目をそらしたかった事実に、実際にセルジュから目をそらして、壇上を見据える。

「本当に？　もし条件を満たせなかったら、困るのはあなたなんです。そこのところを——」

声をひそめて、こんこんと説教をするセルジュの言葉を聞き流し、ため息をつく。

幼い頃《ころ》から抱いていた、招喚士になって世界を見て回る夢。

田舎とはいえ、ファニーの生家のラングトン家は代々優秀な招喚士を輩出してきた。例に漏れず優秀な招喚士である父や兄のように、自分もまた招喚士になりたいと夢見ていた。

(招喚士学院に入学、なんて、夢で終わるはずだったんだけど)

他愛のない、子供の戯言《ざれごと》。成長して自分の状況を理解すれば諦《あきら》めざるを得ないものだった。

身にまとった男子用の制服の上着に視線を落とす。膝《ひざ》よりもすこし長い、フロックコートにも似た形の落ち着いた真珠色の上着に、同色のズボン。肩から斜めに掛けたストラは、一年生を示す鮮やかな若草色。

(まさかこれを着られるなんて思わなかった)

嬉《うれ》しさがこみ上げる。兄が着ていたのを見て憧《あこが》れていた制服だ。

だが、自分の本来の性別なら、上着の下は男子生徒用のズボンではなく女子生徒の制服であるワンピースが正式な制服だ。ちらりと女生徒の席へと目を向ける。

「女子の制服が羨《うらや》ましいですか？」

セルジュの平坦な声に、不思議そうに彼を見やる。

「どうして？」

「だってあなたは――」

――女性なのに。

気まずそうにその言葉を呑《の》み込んだセルジュに、ファニーは小さく笑った。彼が気にするほど自分は気にしてはいない。

「いや、あれは無理。動きにくそうだし、足が寒そう」

「寒そうって……」

呆れたようなセルジュの視線が眼鏡の脇から見える。だが、生まれてこの方女性ものの服を着たことがないので、そういった感想しか出てこない。

コルセットで押さえつけた胸に軽く手をやると、ため息をついたセルジュがぐっと顔を寄せた。

「旦那様方も無謀ですよね。いくら魂が体に定着していなくて、冥府《めいふ》に連れて行かれそうになるからといって、女神の加護を受けるだけならまだしも、目くらましに男として育てるなんて」

「そうかな？　わたしはそれでよかったと思うけど」

「そしてあなたも無謀です。男子生徒としてここに入学するなんて、女神の加護を放棄するつもりですか」

耳をかすめる吐息のようにひそやかな声。辛辣《しんらつ》な言葉だが、わずかに気遣わしげな色を感じ取って、ちくりと胸が痛む。

「——怒ってる？　父上に黙ってセルジュについて行って、一緒に招喚士学院の入試を受けたこと」

あの時は頭に血が昇っていたのだ。自棄《やけ》になっていたのかもしれない。

父に言われたことに腹が立って、父に内緒で招喚士学院の願書を取り寄せ、もとより入試を受ける予定だったセルジュに便乗して、勝手に入試を受けてしまったのだ。

当然両親にはばれたが、後の祭り。合格を知り、蒼白《そうはく》になった父が入学を取り消してもらいに理事長に直談判をしに行ったが、逆に入学をさせるようにと説得されてしまい、まるで亡霊のような表情で帰ってきた。

「怒ってはいません。あなたがどんなに招喚士学院に行きたかったか、知っていますし。突然旦那様にあんなことを言われて、あなたが逃げ出したくなる気持ちもよくわかります。でも——女性だとばれたら死ぬかもしれないんですよ」

声量を落としても不機嫌だとわかるセルジュの声に、今更ながら動揺してわずかに肩を揺らした時だった。舞台の上ではすでに理事長の祝辞は済み、新入生代表があいさつ文が書かれた紙を懸命に読み上げている。その頭上、舞台を縁取る緞帳《どんちょう》の縁を、なにやら布のようなものが下手から上手に向けて移動しているのが見えた。

（なんだろう、あれ）

どうも今自分が身に着けている真珠色の制服の色と似ている。

と、舞台の天井の端に到達した布からなにかが落ちる。それが色とりどりの花や布や煌《きら》めく宝石に飾られた帽子だと気付いた時、落下する帽子を追うように両拳《りょうこぶし》を合わせたほどの大きさの灰色の毛玉が落ちてきた。

（違う、毛玉じゃない。あれは……）

犬だ。それも頭が三つもある異形の獣。明らかに招喚された怪物の類《たぐい》だ。三つ頭の犬は帽子のつばを捕らえ、くるりと一回転して舞台の袖《そで》に消えた。

見間違いかとファニーが目を瞬いた次の瞬間、ばさりと布が翻《ひるがえ》る音がして、三度天井からなにかが落ちてきた。とん、と身軽に床に下り立ったのは、黒髪の男子生徒。制服の上から斜め掛けにしたストラは、二年生を示す臙脂《えんじ》。

「え!?」

思わず声を上げたファニーの視線の先で、落ちてきた男子生徒はくるりと生徒たちの方へ向きなおると、まるで役者か道化師のように大げさな、それでいて実に優美な仕草で片手を胸に当てて一礼をすると、三つ頭の犬と同じようにあっという間に舞台の袖に駆け込んだ。

それとほぼ同時に上級生の席から立ち上がった長身の男子生徒が、なにか怒鳴りながら慌てて外へ出て行く。その後を、青ざめた顔の教師が数人追いかけていった。

わずかな間の後、わけのわからない一連の出来事に講堂内がざわめきに包まれる。

「……なんですか、アレ」

「うん、なんだったのかな」

眉根《まゆね》を寄せたセルジュの不審げな声に、ファニーもまた唖然《あぜん》としたまま頷《うなず》く。

そんな周囲の騒ぎなど緊張のあまり耳に入っていなかったのか、無事にあいさつ文を読み終えた新入生代表が壇上から降りる。その際にふわりと床から一枚の青い花びらが舞いあがって、ファニーは目を見開いた。

(とりあえず、夢じゃなかった)

ごてごてとした装飾過多な帽子も、三つ頭の犬も、そしてなぜか天井から落ちてきた男子生徒も。

さすが国内外随一のウィンダリア招喚士学院。不可思議なことが起こるものだ。

ファニーは、そう自分を無理やり納得させるように、何度も頷いた。

＊＊＊

「入学おめでとう。男子寮の副寮長ハルキ・ユキシロだ。君の名は？」

不可解な入学式を終え、事前の指示に従って寮の出入り口までやってくると、数人の上級生が新入生に部屋の鍵《かぎ》を配っていた。

「よろしくお願いします。ステファン・ラングトンです」

ファニーは爽《さわ》やかな笑みを浮かべてあいさつを口にした上級生に、頭を下げた。留学生なのか、白い肌が主のこの国では珍しい黄色みがかった肌を持った黒髪に黒い瞳の精悍《せいかん》な青年だ。臙脂のストラをかけているので二年生らしいが、大柄なせいか、今すぐ独り立ちしても、十分に信用されそうな貫禄《かんろく》が感じられる。

「ラングトン？」

副寮長の男らしい太めの眉《まゆ》がぴくりと持ち上がる。先ほどとは打って変わってこちらが怯《ひる》んでしまうほどの凶相を浮かべて見下ろしてくる副寮長に、ぎょっとしてわずかに身をのけぞらせる。

（えええっ、なんでそんな親の敵みたいに睨《にら》まれるんだ？　名乗っただけなのに！　まさかもう女だってばれた……？）

すっと背筋を冷たい汗が流れる。棒を呑んだかのように立ち尽くしていると、ハルキはかるく首を横に振って鍵を差し出した。

「ああ、すまない。すこし騒動を思い出してな」

謝るハルキにほっと胸をなでおろしたが、なぜか申し訳なさそうな視線を向けてきた彼を、不審そうに見つめる。

「君の部屋の鍵はこれだ。同室の指導生は二年の特待生、アルフレッド・アークライト」

副寮長がその名を口にした途端、ざわりと周囲の上級生がどよめいた。

「うわあ、お気の毒。あのアルフレッド?」

「って、アルフレッドみたいにふざけた奴《やつ》に指導生なんかつとまるのか?」

「俺《おれ》なら逃げ出すな。怪物を招喚したのと同じだ」

「あの新入生、来年まで学院にいられるかしら。病院送りにならないといいですけど」

小声で囁《ささや》いているつもりだろうが、非常に不安になる言葉が聞こえてくる。だが、それよりもハルキが口にしたことの方が気になった。

「あの、同室の指導生ってどういうことですか? わたし、特待生です。特待生は一人部屋だって聞いたんですけど……」

完全寄宿制の二人部屋。入学要綱にそう記述があったが、特待生は特別に個室をもらえる。そのことがあったから、両親も男子寮に入ることになっても許してくれたのだ。

(個室なら、女だってばれないと思ったのに)

緊張感と焦燥感がこみ上げる。

「指導生制度は、一昨年から始まった制度だ。入学してから最低でも半年間は上級生と同室になり、学院での規則や生活を学ぶ制度のことだ。もちろん、特待生も例外ではない」

淡々と語られる副寮長の言葉に、ファニーは必死で笑みを張り付けながらも身を強《こわ》ばらせた。

入学早々、予定外すぎる。

（まずい、どころじゃない）

ファニーの心中など当然知らず、副寮長は先を続けた。

「申し訳ないが、アルフレッドを捕獲……、いや、アルフレッドは用事があって君の指導はできないので、今日《きょう》のところは俺の指示に従ってほしい」

「捕獲……？」

なんだか物騒な言葉だ。そういえば先ほど怪物の招喚と同じだと評価されていた気がする。

いったいどんな危険人物だというのだろう。なおさら悪い。

憂慮をひきつった笑みで隠し、鍵を貰ってセルジュと共に自室へと向かう。

「さあ、どうするんですか？　指導生制度に例外はないそうですよ。理事長はファニーの事情を知っているはずですよね？」

三階だという自室に向かいながら、ため息交じりにセルジュが問いかけてきた。それにちらりと視線を向けて、眉根を寄せる。

「そのはず、なんだけど……」

父が理事長と対話したはずだが、指導生制度のことを知らせなかったり、あまり評判のよくなさそうな生徒が指導生になったりとなんらかの作為を感じる気がする。

「あはは、どうにかして退学させたい父上の陰謀だったりして」

「旦那様にそんな腹黒い芸当ができると思いますか？　やるんだったら、あなたの兄君です」

「兄上はわたしが入学したことは知らないと思うよ。依頼中で連絡がつかないらしいし」

すでに招喚士として忙しく各国を飛び回っている兄に入学を知られたら、激昂《げっこう》して家に連れ戻しに来るに決まっている。

「そんなことより、本当にどうするんですか？　いくらオレでもこの状況はどうにもできないですよ。男と同室だなんて、すぐにばれると思いますけどね」

「でも、半年だけだし。なんとかなるって。大丈夫！」

「大丈夫って、楽観的すぎです。本気で——」

眉間《みけん》に皺《しわ》を寄せて言い募ろうとしていたセルジュだったが、ふと階下から人が上ってくる気配に気付いたのか、すっと口をつぐんだ。

その隙《すき》をついてファニーは自分の部屋だと指示された扉の鍵を開けた。セルジュの指導生だというハルキの部屋は隣らしいので、セルジュも必然的に隣の部屋だ。

「じゃ、副寮長が戻ってきたら教えて」

「ファニー！」

セルジュの怒声もものともせずに、ひらひらと手を振って逃げるように部屋の中に入ったファニーだったが、目にした光景にぽかんと口を開けて固まった。

室内を埋め尽くすありとあらゆる色の洪水。

一瞬、どこかの物置にでも迷い込んだのかと思ったが、よく見ると室内に溢《あふ》れ返っていたのは帽子だった。宝石やリボンや造花、そしてどう見てもゴミとしか思えない歯車やネジ、繊細な模様が彫られた木片、あるいはなにかの動物の骨といったわけのわからない装飾をなされた様々な形の帽子が、壁に、床に、棚に、飾られ、置かれている。

「すご……」

唖然と見回しつつ、おそるおそる室内を歩く。

雑然と置かれているようで、なんとなくそうでないようで。

触ってはいけないような気もしたが、ファニーは本来なら本が並べられているはずの本棚に置かれたトップハットのひとつを手に取った。

「これ……、鳩時計《はとどけい》？」

キャラメル色の小さな家に時計が施されたものが、トップハットの縁にちんまりと乗っていた。何気なく時計を指先で突いてみる。すると窓ではなく屋根がぱかりと開いて、白い塊が飛び出してきた。

――コケコッコー。

「え？　ニワトリ!?」

予想外のことに目を白黒させたファニーの目の前で、数度その美声を披露したニワトリ人形は、ぽろりと真珠のような卵を産んだ後、鎖つきのその卵をするすると回収し、何事もなかったように家の中に戻っていった。

「…………ぷっ」

思わず噴き出しながら、肩を震わせて帽子を棚に戻す。

（なんでニワトリ？　おかしすぎる……）

湧《わ》き起こった笑いは、しかし徐々に尻《しり》すぼみになる。

「セルジュには大丈夫って言ったけど……」

小さくため息をつき、室内を見回す。そうして二つ置かれていた寝台のうち、自分の旅行鞄《かばん》が置かれている窓際の寝台に腰を降ろした。

同室の先輩がいる。しかも、どうにもあまり素行がよくなさそうな人物が。

（乱暴な人だったらどうしよう。力じゃ敵《かな》わないだろうし、もしすぐに女だってばれたら……。ああ、でもばれた途端に死ぬのかな……？）

つい先ほどまでは突然の事実に頭が追いついていなかったが、ひとりになった途端、じわりと不安がこみ上げる。

向かいの寝台を複雑な思いで見つめる。今は開けられているが、天井から吊《つ》るされた帳《とばり》を引けば、気休め程度でも個人の空間が確保できることに気付いて、わずかにほっとした。

(ばれた時のことを考えるよりも、ばれないように頑張ろう。ばれたら、その時はその時！)

自分を鼓舞するように思いなおし、勢いよく寝台に身を投げ出す。と、こつりとその頭になにかが当たった。

「なんだろ、この箱……」

起き上がってみると、先ほどは気付かなかったが、手のひらに乗るほどの大きさの、赤と黄色の縦じまの紙箱が寝台の上に転がっていた。

『親愛になるかもしれない新入生へ　アルフレッド・アークライト』

メッセージカードではなく、箱の蓋《ふた》に直接書き込まれた流麗な筆跡の文字に、ファニーは警戒心を抱きながらまじまじと箱を見つめた。

どうも自分宛ての品物らしいが、恐ろしげな評判を持つ指導生からの贈り物だ。開けるのはかなり勇気がいる。だが、つい先ほど見たニワトリ時計を所持しているような人物だ。怖いもの見たさで開けてみたい。

(いくらなんでも、危険なものじゃないはず)

込み上げてきた好奇心の赴くままに、ファニーは箱を手にとり、蓋をそっと開けた。

ぽん、と勢いよく飛び出してきたなにかが、避《よ》ける間もないファニーの顔にぶつかる。そして寝台に転がったものを見て、ファニーはますます困惑した。

「……犬のぬいぐるみ？」

転がった白い犬のぬいぐるみと目が合う。つぶらな瞳はどことなく和むが、いったいこの指導生はなにがしたいのだろう。戸惑うファニーの鼻を、ふいに甘い香りがくすぐった。ぬいぐるみのほかに箱の中に詰められていたのは、花や鳥や小動物をかたどったビスケットと、一枚のメッセージカードだった。

『緊張は解けたかい、新入生どの？　今度は甘いもので疲れを取ってくれたまえ。ああ、ビスケットが嫌いだったら、気になる女の子にあげれば、お近づきになれるいい機会だ！　なんでも巷《ちまた》で噂《うわさ》の愛の女神ペリステリの加護を受けたビスケットだそうだ。それでは、健闘を祈る』

「愛の女神のビスケットって、たしか惚《ほ》れ薬が入っているとか噂のお菓子、だったような……」

一枚をふたりで分ければ効果倍増、とかそんな話をいつだったか、兄から聞いた気がする。

ファニーは若干恐れるかのように蓋を閉めて机の上に放り投げた。

とりあえず指導生は心配していたような暴力的な危険人物ではないようだ。同室の新入生に惚れ薬入りのビスケットを贈るなど、かなり変わってはいそうだが。

（やっぱりなるべく早く、一人部屋の確保！）

拳を突き上げたファニーの意気込みに応《こた》えるかのように、コケコッコーと鳩時計ならぬニワトリ時計が間抜けな声を上げた。

＊＊＊

カチリ、と部屋の鍵をしっかりとかけたファニーは、肩に入っていた力をほっと抜いた。月光が差し込んでいてもなお薄暗い部屋には、人の気配はない。

(まだ戻ってこないんだ)

あれからしばらくして部屋に戻ってきたハルキに、セルジュと一緒に寮を案内され、その後歓迎会を兼ねた夕食会に出席した。その席にもファニーの指導生のアルフレッドは姿を現さず、どことなく不穏な空気を漂わせ始めたハルキに謝られた。

ひとりでいるのは、気楽といえば気楽だが、会うのを先延ばしにされているようで、妙な緊張感があるのも事実だ。

(副寮長には気にせずに先に寝ていいって言われたし、明日《あした》から授業も始まるし、寝よう)

上着を脱いで寝台の上に放り出し、シャツのボタンをはずして襟元をくつろげる。そうしてすこし考えて、着替えを持って浴室に向かった。

贅沢《ぜいたく》なことに、特待生室には浴室がついているのだ。特待生は学年が上がると個別の授業が増えるので、一般の生徒とは授業時間も多少異なる。そういった配慮かららしい。

「入りたいんだけどな……」

指導生がもし今戻ってきたら困る。

浴槽になみなみとたたえられた湯を手でかきまわし、ふっと息をつく。

(明日、セルジュに見張っていてもらって、入ろう)

せめて顔と手足だけでも洗おうと、側《そば》に置いてあった桶《おけ》を手に取る。

顔を洗って人心地ついた時だった。なんの前触れもなく、唐突に浴室の扉が開いた。

(えっ!?)

突然のことに、はっとして振り返ったファニーはその勢いにまかせて、濡《ぬ》れた床に足を滑らせた。

「わっ!」

がくりと体が傾く。次いで、ざぶりと熱い湯が体を包み込んだ。浴槽に落ちたのだ、と気付いた時には容赦なくお湯が口に流れ込み、息ができなくなる。

縁をつかもうと焦って伸ばした手を、誰かがつかんで浴槽から引き上げてくれた。

「大丈夫かい?　驚かせて悪かったね。新入生がいることをすっかり忘れていたんだ」

労《いたわ》るように背をなでる手に、激しく咳《せ》き込みながらもようやく顔を上げる。そこには黒髪の青年が服が濡れるのもかまわずに、浴室の床に膝をついていた。

わずかに切れ長の目元に薄い唇、鋭角を描く顎の線など、一見して酷薄そうな印象を覚えるが、背をさするその手つきは優しげだ。それほどがっしりした体格ではないのにもかかわらず、浴槽に落ちてずぶぬれの自分を軽々と助け出したということは、きちんと鍛えているのだろう。

ふと、目が合う。

ファニーは大きく目を見開いた。

謝罪の色と警戒心が入り混じったその双眸《そうぼう》は、鮮やかな赤をしていた。そんな色の瞳など、今まで一度も見たことはない。まるで熟れた柘榴《ざくろ》のような瞳に我知らず釘付《くぎづ》けになる。

いつの間にか呟き込みはおさまっていたが、それさえも気付かないほどにその瞳に魅入る。

「――綺麗《きれい》な色」

ファニーのぶしつけな視線が気に障ったのか、青年はなぜか瞠目《どうもく》したかと思うと、ふいと顔をそらして立ち上がった。そうして備え付けの棚から一枚の布を取り出して、肩にかけてくれた。

(あれ……？)

どこかで見覚えのある顔だ。それも、今日。

「……もしかしてアルフレッド・アークライト先輩？」

入学式で三つ頭の犬の次に舞台の天井から落ちてきた黒髪の男子生徒。すこし遠かったが、視力には自信がある。目の前の男は制服を着ておらず、黒っぽいシャツとベストに同色のズボンといった簡素な服装をしていたが、たしかにあの優雅に一礼をした生徒の顔と瓜二《うりふた》つだ。

ファニーのたしかめるような、それでいて疑わしそうな声音に、彼は笑みの形に目を細め、自信たっぷりに自分の胸元をかるく叩《たた》いた。

「いかにも僕はアルフレッドだ。そういう君は誰だい？　まさか君が僕の指導する生徒のはずがないだろう？　ここは男子寮棟だ。女子寮棟は隣だよ。――君のような乙女《おとめ》がなぜ迷い込んだんだ」

「――っ！」

息を呑んだファニーは、すぐさま立ち上がり面白そうな表情を浮かべるアルフレッドを睨みつけた。

「乙女だって？　わたしは男だ！　助けてもらったことは感謝するけど、わたしが細いからって、いくら先輩でも言っていいことと悪いことがある！」

動揺を押し隠すように怒鳴ったファニーに、アルフレッドは不思議そうに目を瞬き、すぐに気まずげに視線をそらした。

「ええと……。うん、君、自分の姿をよく見てみたまえ」

「え？」

言われるままに視線を落としたファニーは、自分の姿に血の気が引いた。

お湯に濡れたシャツが体に張り付き、くつろげていた合わせ目から、胸を押さえつけていた

コルセットが見える。だが、溺《おぼ》れかけてわずかにずれたそのコルセットから、明らかに男性にはありえない胸のふくらみがすこしだけ覗《のぞ》いていた。

「違う！　これは……っ」

アルフレッドが肩にかけてくれた布を胸元にかき寄せ、身を固くする。布を握りしめた手がかたかたと細かく震える。

「違う！　わたしは女じゃない！　違うんだ！」

頭の中を占めるのは、死の恐怖。喉《のど》が引きつる。呼吸がうまくできない。

(息、息ってどうしてた!?)

焦れば焦るほど、眩暈《めまい》がする、耳鳴りがする、鼓動が速くなる。

苦しくて仕方がない。もしかしたら、自分はこれで終わりなのだろうか。

性別がばれた時、どんなふうに死ぬのか想像したことがある。痛いのか、苦しいのか、それともなんの前触れもなく意識が途切れるのか。その内でも、これは息が止まるという、できるなら当たってほしくない状態に襲われているらしい。

(だって、まだ初日だっていうのに！)

念願の招喚士学院に入学はできた。制服も着られた。でも、招喚士になるための勉強も、ひそかに憧れていた友人を作るということも、なにひとつできていない。

両親や兄、そしてセルジュの悲しげな顔がまざまざと浮かぶ。

こんなにあっけなく死ぬなど、絶対に嫌だ。

「……ふっ」

空気を求めて口をはくはくと動かす。

かすんだ視界に、アルフレッドの鮮やかな柘榴色の双眸が映り込む。その手が肩に触れた。

「落ち着いて、ゆっくりと深呼吸をするんだ。大丈夫、僕に合わせればいい」

アルフレッドに手をつかまれて、彼の胸の辺りに押し付けられる。大きく深呼吸をするアルフレッドの胸から手を伝わってくる振動に、言われるままに呼吸を合わせる。

徐々に呼吸が整っていくのに伴って、胸の息苦しさが和らいでいく。血の気を失った指先はまだ冷たいが、それでも耳鳴りはおさまった。

「身支度はできそうかな？　ここは冷えるからね」

柔らかな声にぎこちなく頷くと、アルフレッドは手を放して浴室の外へ出た。

浴室からアルフレッドがいなくなると、ファニーは緊張に乾いた唇を噛《か》みしめた。

(助、かった……？　ばれたのに、どうして？)

わけがわからず、震える手でなんとか着替えを済ませて恐々と浴室を出ると、やはり着替えたらしく白いシャツを身にまとったアルフレッドが振り返って微笑《ほほえ》んだ。

「まだ顔色が悪いね。そこに座って」

促されて寝台に座ると、水の入ったコップを渡された。喉を潤すと、強《こわ》ばった体までほぐされていくようだった。

「落ち着いたところで――。さて、女の子の君が男子寮にいる理由を教えてくれないかい？　それと、あんなに取り乱した理由も」

向かいの寝台に腰かけたアルフレッドの問いに、ぐっと押し黙る。

「答えられないのか？　さて困った。おおいに困った。ここは我が親友ハルキに相談――」

「――女だって口外したら命がないから。というか、埋める」

低く、唸《うな》るようにアルフレッドの言葉を遮ると、彼はぴたりと口をつぐんだ。

まさかこんな簡単にばれるとは思いもしなかった。視線を落とし、膝に置いた手をきつく握りしめる。悔しさと恐ろしさにないまぜになった感情が、さらに口を閉ざす。

「んん？　君、珍しいものを背負っているね。とても興味深い！」

だしぬけに響いた言葉を不審に思い、ファニーは俯《うつむ》いていた顔をそっと上げた。

「珍しいもの……？」

アルフレッドの視線は、なぜか頭上辺りをまじまじと凝視していた。そのあまりの真剣さに、先ほどの緊張感とはまた別の切迫感を感じて、息を呑む。

「面白いけどね、うん。まあ、それで？　理由は？」

詰問しているわけでも、睨みつけられているわけでもないのに、じりじりと迫られているような雰囲気に、ファニーは再び浅くなりそうな呼吸を整えようと、大きく息を吸った。

(言っても、もうばれた事実が変わるわけじゃない)

覚悟を決めて、ようやく口を開く。

「――わたしは生まれた時、魂が体に定着していなかったんだ。そのままだと冥府から迎えが来て死ぬ。だから父上が神を招喚して、わたしに加護を与えてほしいと願ったんだ」

手にしたコップを握りしめ、先を促すようにこちらを見据えているアルフレッドをまっすぐに見つめ返す。

「神は加護を与えてくれた。でも、冥府の使者の目を欺《あざむ》くためには加護だけじゃ不安だから、男の子として育てられたんだ。それで、わたしは男子生徒として入学した」

「――なるほどね。女性だとばれたら死ぬから、あんなに取り乱したのか。でも、君は生きているね。僕にばれたのに」

「うん……、わたしもわけがわからない」

激しく呼吸を繰り返したせいで、喉と肺がすこし痛むが、そのほかに異常は感じられない。ばれたらすぐにでも命を失うと思っていたのに。それとも、徐々に弱っていくのだろうか。

それはそれでぞっとしない。鳥肌が立った二の腕をさする。

アルフレッドはしばらくなにかを考えていたようだったが、わずかに迷うそぶりを見せながらも口を開いた。

「……ええと、そうだね。すぐに命がどうのこうのというわけじゃないと思うな」

「なんでそう思うんだ？」

「んー、まあ、僕は一級招喚士だから、なんでもわかるのさ」

したり顔をするアルフレッドに、ファニーは耳を疑った。

「はあ!?　先輩みたいな変人が理事長と同じ一級招喚士だって？　冗談じゃない！」

叫んでしまってから、慌てて片手で口を塞《ふさ》ぐ。

最下級の五級から始まり、一級までが昇級試験で取得できる。一級招喚士はそれこそ神々を招喚できるほどの実力だ。

「ああ、いくら大声を上げても大丈夫だよ。この寮には、防音の術が施してあるんだ。それにしても――」

アルフレッドは興味深げな視線をこちらに向けた。

「――久しぶりに真正面からけなされたな。いっそ清々しいね！　そんなに疑うのなら証拠を見せようか？」

そう言ってアルフレッドがシャツのポケットから取り出したのは、入学試験の時に理事長のクラヴァットにも留められていたのと同じ、一級招喚士を示すアスフォデルの銀花のブローチだった。その中央には彼の瞳と同色の柘榴色の招喚石が埋め込まれている。

招喚石は生まれた時にその手に握りしめているもので、これがなければ招喚士にはなれない。そしてそれは持ち主の瞳と同じ色をしている。だからたしかにこれはアルフレッドのものだ。

「嘘《うそ》だ……」

「まだ信じられないのかい？　じゃあ、悩める君のために、ひとつ招喚をしてみようじゃないか」

呆然《ぼうぜん》と呟《つぶや》いたファニーに、アルフレッドは素早く立ち上がり、招喚石つきのブローチを上空に投げた。そして見えない招喚図をなぞるかのように虚空で素早く人差し指を動かした。

落下しかけたブローチが空中で透明ななにかに衝突したかのように、淡く火花を散らす。その火花は瞬く間に複雑な模様をした招喚図を床に描いた。

「おいで、ケルベロス」

まるで飼い犬を呼ぶかのようなアルフレッドの笑みを含んだ声がしたと思った瞬間、招喚図の中央に大型犬よりもなお巨大な獣の耳が生えた。それも、三組。

ケルベロスは冥府の門を守る見上げるほど巨大な体躯《たいく》をした三つの頭の犬だ。明らかにこの部屋に収まる大きさではない。

「え、ちょっと、待……っ」

焦ってアルフレッドを止めかけて、ぐっと口をつぐむ。招喚を邪魔すれば、身の危険にさらされる。招喚士ではなくとも、一般的な常識だ。

水から浮上するかのように、招喚図からその全貌《ぜんぼう》を現そうとするケルベロスに、ファニーはカップを放り出し、慌てて扉の方へと後ずさった。後ろ手に、扉の取っ手を握りしめた時、破裂音と共にケルベロスの姿が灰色の煙に包まれた。それに驚いて、思わず目をぎゅっとつぶる。

――わん！　きゃん！　ばうっ！

耳に届いた三重奏にも似た犬の声。おそるおそる目を開ける。薄紅色に輝く招喚図の上に行儀よく座っていたのは、両拳を合わせたほどの大きさの灰色の子犬だった。身を覆う柔らかそうな被毛は、ふわふわとした綿毛のようで可愛らしい。ただ、その頭は三つあった。つぶらな三対の金色の瞳が好奇心をたたえてこちらを見上げている。

それは入学式の時に天井から落ちてきた灰色の毛玉にも似た三つ頭の犬だった。

「……ケルベロス？　これが？」

「なにおかしな顔をしているんだい？　ケルベロス以外のなにものでもないだろう。ほら、よく見たまえ、この三つの頭！」

三つの頭を順になでるアルフレッドと、嬉しそうに尻尾《しっぽ》を振る愛くるしいケルベロスらしき獣に、ファニーは遠くを見やった。

「冥府の番犬ってもっとこう、今にも頭から食べられそうな鋭い牙《きば》の、凶悪な怪物だったはずなのに……」

数多いる神々よりも格下にはなるが、一級招喚士でなければ喚び出せないほど高位の獣のはずだ。

招喚するのがそれが神であれ、異形の怪物であれ、精霊《ニュンペー》であれ、人にとっては『姿なきもの』である。招喚して初めてその姿を目視できるのだ。ただその姿は招喚者の力に見合った姿で現れる。ファニーが入試で偶然喚んでしまった主神アエトスが子供の姿だったように、力が弱ければ幼く、強ければ大人《おとな》の姿といったかたちだ。

だから、こんな子犬のようであっても、ケルベロスはケルベロスだ。

その事実がすとんと理解できた途端、妙に冷静になったファニーはこれまでの自分の言動を思い出して慌てて頭を下げた。

「一級招喚士が嘘だとか、変人とか言ってすみませんでした。ちょっと、気が動転していたみたいです」

先輩ではなくても、初対面の人に対しての口のきき方ではない。いくらなんでもあまりにも失礼すぎる。

アルフレッドはしばらく無言だったが、なぜか鼻をすする音が聞こえてきて、ファニーはぎょっとして顔を上げた。アルフレッドは右腕で目元を覆って、泣いていた。その膝にケルベロスがすがりつき、心配そうに招喚主を覗き込んでいる。

(今のでなんで泣く⁉　……ん？　あれ？)

いや、泣き真似《まね》だ。その証拠に、時折腕をずらして、ちらちらとこちらをうかがっている。

「僕は悲しい！　ついさっきまで気さくに話してくれていたのに、急にそんな他人行儀な口調になって、非情に傷ついた！」

「気にするのはそこ⁉」

「そこじゃなかったら、どこなんだい？」

心底不思議そうに首をひねったアルフレッドの目元はやはり濡れていない。ファニーは呆れたように嘆息してその場に膝を立てて座り込んだ。

「ああもうわかったって。先輩がいいなら、敬語なんか使わないから」

ファニーの言葉に気をよくしたのか、アルフレッドは満足げに笑って開いていた窓に腰をかけ、頬杖《ほおづえ》をついてこちらを見据えてきた。

「まあ、一級招喚士だからなんでもわかる、とかいうのは冗談として……。君、今どこか体の調子が悪いかな？」

「え？　どこも悪くないけど……」

「だったら、今すぐ命が危ないわけじゃないと思うけどね。君がさっき苦しんだのは、おそらくただの過呼吸だ」

なんでもないことのようにさらりと言ってのけたアルフレッドに、ファニーはずいと詰め寄った。

「本当に？　そう思う？」

希望にすがりたい一心でアルフレッドをまっすぐに見上げると、彼はほんのわずか言葉を詰まらせたようだったが、それでもすぐに笑みを浮かべた。

「さっきも言ったけどね。女性だとばれたらすぐに死ぬ、とかいうことだったら、君の命はもうないはずじゃないか？」

「それは、そうなんだけど……」

「まあ、でも、ばれないなら、ばれない方がいいんだろうけどね」

「それなら――、アークライト先輩はわたしが女だってことを黙っていてくれる？」

アルフレッドの言ったことを鵜呑《うの》みにしたわけではないが、女性だとばれてもすぐに命を失うわけではないのなら、ここに残れる可能性はある。

アルフレッドを見据えると、彼は不思議そうに目を瞬いた。

「おや、黙っていないと命がなくて、埋められるんじゃなかったのかい？　それとも埋められるから命がないのかな？　んん？　おかしくないか？」

「……単なる言葉の文《あや》を本気で分析しないでほしい……」

ファニーは脱力したように項垂《うなだ》れた。

なんだかとてつもなく疲れた。昼間、副寮長のハルキがアルフレッドに関することに青筋をたてていた理由が、すこしだけわかるような気もする。

ぶつぶつと呟き続けるアルフレッドを何気なく見やると、その足元に座り込んだケルベロスの、真ん中の頭と目が合った。

警戒や嫌悪といった負の感情はまるで読み取れず、好奇心と喜色しか見てとれない。綿毛のかたまりのような尻尾が嬉しそうに揺れている。

「あの、抱きしめてもいい？」

さっきからそうしたくてたまらなかったのだ。つぶらで、信頼しきった瞳が故郷で飼っていた愛犬を思い出す。犬好きとしては、たとえ三つも頭があったとしてもそれを上回るほどに愛くるしい生物に触れられないなど、拷問にも等しい。なによりも切実に癒《いや》しが欲しいのだ。

「ええ？　突飛なことを言うものだね。まあ、君がそうしたいなら僕はかまわないよ」

わずかにぎょっとしたように肩を揺らしたアルフレッドだったが、すぐに快く頷いてくれた。

驚くのも無理はない。他人が招喚した対象に触るなど、普通はやらない。

アルフレッドの許可が出たのをいいことに、ファニーは立ち上がり、嬉々《きき》としてケルベロスに近寄った。

そうして未《いま》だにファニーを好奇心に満ちた目で見上げるケルベロスに腕を伸ばそうとして、ふいに前方から差し出された二本の人の腕に腰を引き寄せられ、わずかによろけた。

「――っ！」

一瞬なにが起こったのかわからなかった。頬に触れる艶《つや》やかな黒髪に気付いて、ようやく状況を呑み込む。窓枠に座ったままのアルフレッドに抱きつかれているのだとわかって、必死でそのしっかりとした肩を押した。

「ちょっ、なにするんだよ！」

「なにって、君が『抱きしめてもいいか？』って言ったんじゃないかい」

「抱きしめたかったのは、先輩じゃない！　ケルベロス！」

いつのまにか、ちゃっかりとファニーの寝台の上に移動していたケルベロスを指さす。

わずかな沈黙の後、するりと腕が解かれる。ファニーは警戒したように素早く距離を取った。

ふいを突かれて驚いたせいか、妙に心臓の音がうるさい。

「初対面の人を抱きしめたいなんて言うわけがない」

突然アルフレッドが柘榴色の双眸を瞬かせて立ち上がり、両手で頭を抱えた。

「嫁入り前の女の子になんてことをしてしまったんだ！　ここは死んでおわびを……いや、ここは僕が責任をとって君に嫁ごう！」

「いや、間に合っているから」

頭痛を覚えそうな会話に、心底疲れ切っていたのか、自分でも驚くほど低い声が出た。この男とは話が通じない。というか、それにそれて、もとの話題が置いてきぼりにされてしまう。

「それじゃ僕の気が済まない」

妙なところで頑固さを発揮し、詰め寄ってくるアルフレッドからじりじりと距離を取りながら、ふとファニーはいいことを思いついた。

「それなら、わたしが女だってことを黙っていてほしい。それでどう？」

固唾《かたず》を呑んでアルフレッドの言葉を待つ。なんだか弱みに付け入るようで心苦しいが、ここまでこちらの事情を話したのだ。

「ずいぶん必死だね。どうしてそこまでして、招喚士学院の入学にこだわるんだい。これまで以上に死と隣り合わせになるのに。よく君のご両親は入学を許したね」

「両親からは――入学する条件を出されたんだ。ひとつは女だってばれるのは当然、噂が流れても退学。もうひとつは卒業までに一級招喚士の資格を取ること。これができなかったら、結婚しろって」

ふっと父の声が蘇《よみがえ》る。


『婚約が決まったぞ。相手はキーツ公爵のご子息だ』

キーツ公爵は王家と姻戚《いんせき》関係にある人物だ。その子息はこの招喚士学院の博士として研究職についている。優秀な招喚士を多く輩出してきたラングトン家との縁談は相応のものだ。

「十六歳の誕生日に、契約が切れる前までに婚姻すれば魂が定着して助かるって言われた。でも、そんなことは初めて聞いたし、今まで婚姻なんて考えもつかなかったから、驚いて両親に黙って勝手に入試を受けた」

あの時の衝撃を思い出して、両拳に力を込める。

「ふうん、婚姻ね。男と交わって純潔を失えば、魂が定着するっていうことか」

納得したように頷くアルフレッドのあけすけな物言いに、ファニーは羞恥《しゅうち》でわずかに顔が火照るのを感じつつも、先を続けた。

「そ、そういうことなんだけど……。ともかく、わたしは屋敷の敷地からほとんど出られなかったから、このまま外の世界をなにも知らないで嫁ぐなんて、嫌だった。招喚士になれば、いろんな対処も学べるし、もうすこし自由に出歩けると思って」

故郷の屋敷から、一度でもいいから出てみたかった。

「本当だったら、入試だって受けられなかったんだ。もしも女だとわかっても大丈夫なら、わたしはこのままこの学院にいたい。だから、黙っていてほしい」

懇願するようにアルフレッドを見つめる。

「そうだね……」

これまでの様子から、すぐに頷くかと思ったが、予想に反してアルフレッドは腕を組んで窓辺を行ったり来たりし始めた。

その真剣な表情は、整った顔を十分に引き立たせるものだった。ただし、黙っていれば、の話だが。たしかに見目はいいと思うのだが、先ほどまでのようにふざけているような、芝居じみた口調と仕草は、大分損をしている気がする。

ふと、アルフレッドが立ち止まった。そのままこちらに向けられた真摯なまなざしに、まるで死刑宣告をうける囚人のような気分になる。

「ああ、そういえば忘れていた。君の名前はなんと言うんだい？」

「自分が指導する下級生の名前くらい覚えていないのか？　贈り物もくれたのに」

「悪いね。覚えようと思うほどの興味がなかったから。それに贈り物は印象がよくなるだろう。多少の迷惑も大目にみてもらえる」

さらりと薄情なことを言ったアルフレッドに、こんな時間まで部屋に戻らなかったことも合わせて、新入生の面倒を見るつもりなどさらさらなかったのだとわかって、顔が引きつる。

これではアルフレッドが口をつぐんでくれるとは思えない。自分は面倒事を起こすくせに、面倒事を抱えるのは嫌なのだろう。

なかば投げやりな気分になりながら、口を開く。

「ステファン・ラングトン」

「――ラングトン？」

昼間、ハルキがそうしたようにファニーの名を繰り返したアルフレッドの眉がわずかにひそめられたかと思うと、またすぐに明るい表情の向こうに消えた。

（なんだろう？　今の反応……）

ほんの一瞬浮かべられたのは、見間違いでなければ『嫌悪』だった。ハルキが浮かべた『怒り』とはまた別物だ。今まで陽気すぎるほど陽気だったアルフレッドが浮かべた負の感情は、妙に脳裏に焼き付いた。だが、名前だけでそんな感情を向けられては、たまったものではない。

「君、姉君か妹君はいるかい？」

「え？　兄ならいるけど。でも、世間的には私の下に妹がいることになっているって、父上が」

本人に黙って、万が一にも嫁ぐために戸籍上はそうしておいたらしい。

「あ、名前って言えば、先輩はキーツ博士を知ってる？　婚約者なんだ。ここの研究棟に所属しているらしいんだけど」

「キーツ博士？　……ああ、名前だけなら知っているよ。優秀な人物らしいね」

わずかに目を見開いたアルフレッドが、すぐに口元にかすかな笑みを浮かべて答える。

「そっか……、会いに行ってみようかな……」

せっかく同じ敷地にいるのだ。一度くらい顔を見てみたい。あちらがこの婚約をどう思っているのかも知りたい。ただ、研究棟は一般の生徒の立ち入りを禁じているから、すこし難しいかもしれないが。

「――よし、君の条件を呑もう」

「え？」

考え込んでいたファニーは、アルフレッドが唐突にかるい調子でそう答えるのに、はっと我に返って、すぐに疑わしげに彼を見つめた。

「あれだけ迷っていたのに、どうして名前を聞いた途端に頷いたんだ？」

「よくぞ聞いてくれた！　ステファン君！」

胸に手を当てて、片手をこちらに差し出したアルフレッドの大げさな仕草に、嘆息する。

「いや、ファニーでいい。呼ばれ慣れているから」

「それは愛称だね？　うん、君によく似合っている。こう、ふわふわしているところが。ああ、それなら僕はアルフレッドと呼んでくれたまえ」

意味がわからない。ふわふわしている、とはなんだろう。けれども、ここで再びなにかしらの反応を示したら、その倍以上の答えが返ってきそうだ。

「では、改めて。よくぞ聞いてくれた、ファニー。それはケルベロスが君に尻尾を振ったからだ」

「ケルベロス？　それくらいで？」

「招喚対象が招喚主以外に懐くのはありえない。君は一級招喚士を多く輩出しているあのラングトン家の子だ。招喚対象には好かれやすいのかもしれない。そこのところの解明をぜひともしてみたい。——あと、君自身の背負うものに興味がある」

片手を差し出し、まっすぐにこちらを見据えてくる柘榴色の双眸からは、ふざけたような印象はまったく感じ取れない。だが、真剣な瞳に妙な気迫を感じて、ファニーが握手をしようとするのをためらっていると、アルフレッドは咳払《せきばら》いをした。

「それにやっぱり埋められるのは、ちょっと趣味ではないからね」

「それはもういいから！」

かっとして、差し出された手を弾《はじ》く勢いで強く握ると、アルフレッドはなぜか嬉しそうに笑い、両手で握りしめて上下に振った。

「よし、取引成立だ。明日からよろしく、ファニー」

「……よろしく、お願いします。アルフレッド先輩」

握手の勢いのよさにわずかによろけ、若干不安になりながら、アルフレッドを見上げる。ふとその彼がなにかを思い出したように目を瞬いた。

「ああ、そうそう。ビスケットは食べたかい？」

「悪いけど、食べていない。あれ、惚れ薬が入っているって噂があるビスケットだし」

「そうなのかい？　人気があるというから、入学祝いにちょうどいいと思ったんだ」

「あはは……」

驚いたように目を見開いたアルフレッドに、ファニーは乾いた笑いを返した。どうも知らないで贈り物にしたようだ。知っていたらいたで、なんとなく微妙な気分になるが。

「それじゃ、僕はちょっと用事があるから、これで失礼する。君は十分に睡眠をとってくれたまえ。さっきは驚かせて悪かったね」

唐突にそんなことを言い出したアルフレッドは、くるりと踵《きびす》を返して、窓に足をかけた。招喚されたままのケルベロスがファニーの足にじゃれるように体をこすりつけた後、その肩に飛び乗る。

「え？　用事って……。もう消灯時間も過ぎて――わっ……」

驚くファニーの目の前で、アルフレッドはあっという間に窓の外へと飛び出した。慌てて窓に駆け寄る。だが、身を乗り出すようにして下を見ても、アルフレッドの姿はなかった。

——わん！　きゃん！　ばうっ！

ケルベロスの声に、頭上を見上げる。屋根の端から、アルフレッドの片足が覗いていたが、すぐに見えなくなった。

「あ、入学式の時にどうして天井から落ちてきたのか、聞かなかった……」

呆然とどうでもいいことを呟いたファニーは、まるで嵐《あらし》が去った後のような気分で、ふらふらと寝台に潜り込んだ。

＊＊＊

在室をたしかめもせずに勢いよく理事長室の扉を開いたアルフレッドは、窓を背にして執務机についていた老人の姿を認めて、きつく睨み据えた。

「あの新入生はどういうことだ、爺《じい》さん」

なにか書き物をしていた祖父に苛立《いらだ》ちのままに問い質《ただ》す。

「指導生制度を知らんのか、馬鹿孫」

「そうじゃない。あの新入生――ステファン・ラングトンをどうして僕の担当にしたんだ。あの話は断ったはずだ」

顔を上げもせずに机仕事を続ける理事長を、怒りを込めて見下ろす。

「べつにそんな意図はない。本人が試験を受けて入ってきたのでな。ちょうどいいから、おぬしに面倒を見させようと」

「面倒を見させる、じゃないだろう。面倒事を押し付ける、だ」

「面倒事、ということは、おぬしあの子の事情を聞いたのか？」

祖父が顔を上げて鋭い眼光を向けてきたが、それに怯みもせずにただ睨み返す。

「ああ、聞いた。本人は女だとばれたら死ぬ、なんて思い込んでいるようだったけどな。僕ひとりにばれたくらいで死ぬなら、とっくに迎えがきてる」

「ああ、そうだ。男として育てたのは、加護を補強するためのものだ。それが面倒事か？」

「そこじゃない。加護以上に厄介な状態の奴を、僕にどうにかしろっていうのか」

「厄介な状態？　おぬし、なにか見たのか？」

不可解そうな声音に、アルフレッドは不審げに祖父を見やった。

「わかっていたんじゃないのか？　あの新入生――」

言いかけて、口をつぐむ。面倒なことになりそうなのが目に見えているのに、わざわざ教えてやることはない。

「アルフレッド」

問い質すように名を呼ばれたが、答えずに背を向ける。背後で小さく嘆息するのが聞こえた。

「おぬしがどうにかしてやりたいと思うなら、そうすればいい。おぬしの自由だ。――だが、ステファンに興味は湧いただろう」

見透かされたことに、アルフレッドは苦々しい思いでわずかに言葉に詰まった。

「……ケルベロスがあの新入生に尾を振った。招喚主でもない限り、あの狂暴な怪物がなつくなんてありえない」

だから、物珍しさにすこし様子をみてみようと思った。ただ、それが祖父の思惑通りかと思うと、腹立たしい。

「ともかく、このことを知っているのは、ステファンの家族のほかは同郷で目付け役のセルジュ・バリエ、そして加護の方法をステファンの父親に教えた私のみだ。ほかの者には――」

「あなたの孫を信用できないんですか？　僕は悲しい！　非常に傷つきました！」

先ほどファニーの目の前でやったように、顔を覆って泣き真似をする。

「アルフレッド……、おぬしはそれをいつまで続けるつもりだ」

「さあ？　知らないな」

小さく鼻で笑って、アルフレッドは理事長室の長椅子《ながいす》に身を投げ出した。

「そんなに念を押さなくても、言いふらさない。これ以上の面倒も、うるさくなるのもごめんだ」

祖父の無言の圧力を無視して、背中を向けて目を閉じる。

ふと、自分のこの忌々しい赤い瞳をまっすぐに見上げてきた、ファニーの空色の瞳が目裏に浮かんだ。

――綺麗な色。

思わずこぼれたであろうファニーの言葉が妙に耳に残っている。嫌悪も、恐怖もなにもなく、ただ純粋に感激しているような声音が。

アルフレッドはわずらわしいものを振り切るように、なおさらきつく目を閉じて嘆息した。

＊＊＊

騒がしい教室内に始業の鐘が響く。すこし間を置いて厳《いか》めしい顔をした壮年の教師が入ってくると、それまで思い思いに談笑していた生徒達はそれぞれの席に着いた。

「居眠りなんかしないでくださいよ」

ファニーの席の側にいたセルジュがそう釘を刺して自分の席に戻っていくのを見送ったファ

ニーは、高揚する気持ちのまま無意味に教本を整えた。

（いよいよ、始まるんだ……）

アルフレッドとの取引から一夜明けて、授業の初日。ファニーは背筋を伸ばして、まっすぐに教師を見据えた。

家庭教師について一般教養は勉強していたが、学校には通ったことはない。こういうふうに多くの生徒たちと勉強をするのははじめてで、この場所にいるだけでわくわくした。

「さて、諸君。『精霊の性質とその対応』を学ぶ前に、入試を終えた君たちには今更のことだろうが、招喚士の役割を改めておさらいしようと思う」

よく通る声で語る教師の言葉を、緊張しつつ聞いていたファニーは相槌《あいづち》を打つように頷いた。

「知っての通り、この世は三界に分かれている。私たち人が住む人界。天空神アエトスを王とする古き神々や善なる獣が集う天界、冥府の神ケラトが統率し怪物が潜む死者の地である冥界《めいかい》。後者の二界に在するのは、総じて人智《じんち》を超え、人の目には見えぬ【姿なきもの】だ。この【姿なきもの】を喚び招き、人の目に見えるようにして、その類まれな力を借りることのできる者を招喚士と称する。さて、ではその力を借りた例を挙げてみなさい」

教師の言葉に、一瞬の間のあと、クラスメイトの数人が手を挙げる。挙手の意味がわからずに彼らを見回していたファニーだったが、教師がひとりの名を呼ぶのに合点がいった。

（そっか、答えがわかったら手を挙げればいいんだ）

家庭教師との一対一の勉強ではそんな必要がなかった。それだけでも、学校に通っているのだという実感とともに嬉しさがこみ上げてくる。

「旱害《かんがい》が続く地で、泉の精霊の力を借りて水を湧かせる。または古き神々の力を借りて雨を降らせます」

当てられた男子生徒がそつなく答えるのに、教師は一度頷いたが、すぐに口を開いた。

「泉の精霊を招喚することはたしかに適している。だが、天候に直接干渉できる古き神々はそう容易《たやす》く招喚に応えてくれる方々ではない。その選択は最良の手とは言えない。では、その古き神々とは？」

ちらりとこちらを見やった教師と目が合った気がして、ファニーは内心焦った。

（アエトス様がどうして招喚に応えたのか、答えろって？　それとも古き神々について？）

答えなければならないのだろうかとファニーが悩んでいる間、女生徒が手を挙げたのでほっと胸をなでおろした。

「古き神々は、三界を形成する物質や事象を操る【姿なきもの】のことです。何百年も前から、人々はそれぞれの信じる神を崇《あが》めていた。今では簡略化され、主にアエトス様を神々の王として崇めていますが、それでも特に私たち招喚士はそのほかの神を【古き神々】と呼んで敬います。なぜなら古き神々に従う精霊や怪物こそが、招喚士が最も多く招喚する回数が多いからです」

身近に神の意思を感じることがなくても、感謝の気持ちを持たなければ、精霊でさえも招喚できない。

「そうだ。この世に多大な影響を及ぼす古き神々は、だからこそ容易に招喚に応えてくれない。日々研鑽《けんさん》を積み、一級招喚士となった者でさえも招喚が成功することは稀《まれ》だ」

再び教師の視線がこちらを向く。興味深げな視線に、ファニーはたじろいで思わず目をそらしてしまった。

「ましてや青年のお姿の主神アエトスを招喚することは、歴史上の存在さえも定かではない、特級招喚士ほどの力がなければできない」

もはや伝説上の存在とまでも言われる、一級のさらに上の特級招喚士になれるはずもないが、招喚士学院の教師が言うくらいだ。自分がどんなに普通の招喚士から外れたことをしたのか、よくわかる。

(次、招喚できるかな……)

運よく招喚できたとしても、自分は神を追い返したのだ。招喚した途端に不遜《ふそん》だと命を奪われても不思議はない。

今更ながらじわりと滲《にじ》む恐れに、ぎゅっと目をつぶる。

(命……、アルフレッド先輩は本当に約束を守ってくれるかな。あんな口約束を守ってくれる保証なんてどこにもないけど……)

昨夜アルフレッドは部屋に戻ってきた様子もなく、目が覚めたファニーは頭を抱えた。

両親に目付役を頼まれたセルジュには言えない。ファニーの不利になることを報告はしないだろうが、心配をかけさせたくない。彼にとってもこの学院に来ることは待ち望んでいたことだ。これ以上自分のことでわずらわせたくはない。

ファニーが頭を悩ませているうちに、一時間という授業時間はあっという間に終えた。その後も休憩をはさみ、歴史や地理といった各国を飛び回る招喚士として必要な教科が続き、午前の授業も終わりに差し掛かる。

「それでは、明日の予習をしておきなさい」

三人目の地理の教師が教本を閉じたのをきっかけに、教室内にどこかほっとした空気が漂う。

「覚えることが沢山あるなぁ……」

すでに頭が飽和状態だ。机に突っ伏しかけて、セルジュの非難の視線に慌てて留《とど》まった。その時、終業の鐘が鳴る。それとほぼ同時に教室の後ろの引き戸を勢いよく開ける音がした。

なにげなくそちらを見やったファニーは、あんぐりと口を開けて凝視した。

とにかく派手な服装をした男子生徒がそこに立っていた。

おそらく制服なのだろうが、その上着の袖にも裾《すそ》にも貴婦人が身にまとうような豪華なレースや見事な刺繡《ししゅう》が刺された布がほどこされ、肩から掛けられた臙脂のストラには、なぜか大小いくつもの鍵が縫いつけられている。それに交じって柘榴色の招喚石がアスフォデルの銀花の中央で光っていた。そして艶やかな黒髪の上に乗るトップハットには、どうなっているのか、茶色いウサギの耳が生えていた。その周辺を芝のような緑が彩っていて、庭の一角を切り取りそのまま帽子に乗せたようにも見える。ただ、その舞台衣装じみた服装は、妙に彼に似合っていた。

「アルフレッド、先輩……？」

柘榴色の瞳が、突然の乱入者に呆然と静まり返った教室内を見回したかと思うと、ファニーの姿を見つけるなり、満面の笑みを浮かべた。

「さあ、行こうじゃないか、親愛なるご主人様！　健気《けなげ》な下僕ともちろん昼食を共にしてくれるだろう？」

「わたしがいつ先輩のご主人様になったんだよ！」

からかい交じりの言葉にかっとして、昨夜の飾り気のない服装とは真逆の派手な服を身にまとったアルフレッドにつかつかと歩み寄った。その背後で、ようやくクラスメイトがざわめきだす。教師はというとまるで逃げ出すようにそそくさと教室から出て行った。

「ファニー……下僕って、入学早々、いったいなにをやらかしたんですか。それに誰ですか？　その派手な人は」

「わたしの指導生のアルフレッド先輩だけど……。ちょっ、セルジュ、そんな冷たい目でわたしを見ないでくれ！」

側に来たセルジュの胡乱《うろん》な視線になんとなく傷つく。こんな変わり者の先輩と一緒にされたくない。

「ん？　冷たい目で見てほしいのかい？　可愛い後輩のためなら、いくらでも見つめてあげよう」

「だから、先輩はすこし黙れ！　埋めるぞ！」

「おや、そんな口汚くののしるものじゃないな。君はお——」

「うわぁあっ、大声でなにを言い出すんだ。あんた馬鹿だろう！」

昨夜の契約を早速破ろうとするアルフレッドの口を慌てて手で塞ぐ。ばちん、と痛そうな音がしたが、そんなことにはかまっていられない。

「……ファニー？　まさかとは思いますけど……。ばれました？」

声変わりをしてもそれほど低くはならなかったセルジュが、低い声で問う。そろりと見上げると、お目付け役の少年は口元だけに笑みを浮かべて眼鏡を押し上げた。隠していた後ろめたさもあってか、いつも以上に怖い。

「えっと、その、これ、違う……」

うろたえて片言になったファニーの前に、アルフレッドが唐突に割り込んだ。

「君は友達かい？　そう睨むものじゃないよ。せっかくの可愛い顔が台なしだ」

アルフレッドの発言に、ファニーは青くなった。

(うわあ、セルジュが一番気にしてることを！)

セルジュの顔のことは禁句だ。それがからかうものでなく、称賛するものであっても。その形のいい唇から飛び出すとは思えない皮肉にさらされ、怒りを通り越して涙目になっていく人々の姿を何度も見てきた。

さすがにこんな衆人環視の元、上級生を罵倒《ばとう》するのはまずい。

「オレはファニーの目付け役です。あなたは——」

「お、お昼！　ふたりともはやく昼食に行こう！」

今にも悪口《あっこう》雑言を浴びせそうなセルジュと、能天気に微笑んだままのアルフレッドの間に焦って割り込む。

「食堂でちゃんと説明するから」

不満げな表情をするセルジュの背を押して教室から出ながら、アルフレッドを憤然と振り返る。

「先輩も、可愛いなんて失礼だ。今度それを言ったら、わたしが許さない」

「おや、麗しい主従愛だね。まあ、僕も悪かったよ。さて、食堂へ行こうか」

茶化すような物言い。だがその声音には一切馬鹿にしているような感情はなく、どこか感心しているような印象を受けて、不思議に思う。柘榴色の双眸を細めて笑ったアルフレッドを不審に思いつつも食堂へと向かう。

生徒でごったがえす食堂は、すでに席が決められていた昨日《きのう》の歓迎会や、起き抜けの時間に食事をとる朝とは違い、騒然としていた。

「すごい……」

家族だけの食事とは比べものにならないほどの喧騒《けんそう》に、我知らずに笑みがこぼれる。教えてもらった通りにトレイに食事を乗せる。

「外へ出ようか。その方が話もしやすいからね」

アルフレッドに導かれて食堂の外の中庭へと向かう。そこにも生徒は大勢いたが、それでも室内よりは話を聞かれる心配はない。直接芝生《しばふ》に腰を下ろしたセルジュが眉をひそめた。

「なにをにやにやと笑っているんですか。頭に花でも咲いていているみたいですよ」

「だってさ、こんなたくさんの人のなかで食事をするなんて、なんとなく楽しくない？」

「楽しいよりも、緊張感を持つ。そして早く昨日なにがあったのか説明してください」

たしなめられて小さく肩をすくめる。むしろ、これだけの生徒たちがいるのだから自分のことなどそれほど気にしないのではないだろうか。

促されるままに、食事をしつつもおそるおそる昨夜の出来事を声を潜めて説明すると、セルジュは額を押さえて深々とため息をついた。

「だから無謀だって言ったんです、オレは」

「だって、浴室まで入ってくるとは思わなかったから」

「体の調子は？　……食欲がそれだけあるなら、大丈夫ですね」

今度は安堵《あんど》のため息をついたセルジュに、申し訳なくてパンを千切ろうとした手を止める。

「うん、そうなんだ。ばれてもすぐに死ななかったんだ。だから、アルフレッド先輩もとりあえずは大丈夫だろう、って」

「ファニー……、昨日会ったばかりの人をすぐに信用しないでください。アークライト先輩もなにを根拠にそんなことを言えるんですか」

セルジュがアルフレッドに鋭い視線を向けた。

「そんなに警戒しないでくれないかい。祖父からファニーの事情は聞いてきたよ」

ファニーが話している間にさっさと食事を済ませたアルフレッドは、にこりと笑ってこちらを見据えた。

「祖父って誰？　どういうことだよ」

「僕の祖父は理事長なんだ」

「え？　じゃあアルフレッド先輩は理事長の孫？」

「そう、孫。信じられないかい？　うん、よく言われる」

からりと笑うアルフレッドと、入試の時に間近で見た理事長との見かけはまったく似ていない。だが、あの真面目なのか不真面目なのかよくわからない入学許可証を送ってきた理事長の孫と言われれば納得する。

ファニーが驚いていると、傍らのセルジュが小さく嘆息した。

「理事長が関係しているなら、すこしは信じます。それで、アークライト先輩はファニーの事情を知って、どうするつもりなんですか」

「別に、どうもしないよ。僕にはなんの関係もないからね。ただ――」

柘榴色の双眸がこちらに向いて、その探るような目つきに、むっとしてファニーは睨み返した。

「ただ、なに？」

アルフレッドがどこか陰があるような笑みを浮かべて、わずかに身を乗り出した。

「君の背負うものには興味がある」

意味がわからない言葉に首を傾げる。

「昨日も言っていたけど、それってどういうこと？　なにか――」

ふいにアルフレッドのトップハットの上で、飾りのはずのウサギの耳が動いた。

（えっ、本物!?）

ファニーがぎょっとして目を剥《む》いた間に帽子の上の草むらから頭を出した茶色のウサギは、黒い目を瞬かせるとそこから勢いよく飛び跳ねて逃げ出した。そのままあっという間に庭に集う生徒の隙間《すきま》を縫って駆けて行ってしまう。

「あっ、ジョゼフィーヌ！　ああ、君たち、実に有意義な食事だったよ。また明日！」

慌ただしく告げたアルフレッドが、唖然とするふたりを置いてウサギを追いかけて行く。驚いた悲鳴があがるのを耳にしながら、ファニーは口を開けたままセルジュを振り返った。

「えっと……とりあえず、父上には報告しないでくれる？」

「しませんよ。理事長がアークライト先輩を同室にした理由はなんとなくわかりましたし、どこかの誰かさんに一緒に頑張ろうって言われましたから」

つんと顎を上げて突き放すように言うセルジュに、思わず口元をほころばせる。

「うん、ありがとう」

「ありがとうはいいですけど、襲われないように気をつけてください」

「襲われる？　いや、暴力的な人じゃないみたいだから、それは大丈夫」

「……はあ、あなたはそういう方面は疎かったのを忘れていました」

「セルジュ？」

いつも以上に長々とため息をつくセルジュを、きょとんとして覗き込む。

「ともかく、お願いですからあの変人先輩に感化されないでください。それ以上馬鹿《ばか》になったら、オレは本気であなたを見捨てたくなるかもしれないですから」

「……うん、大丈夫、気を付ける」

セルジュの眼鏡の向こうの冷めきった視線に、ファニーは非常に不安になりつつもぎこちなく頷いた。

第二章　オリエンテーションは迷宮の中で

肌にまとわりつくような熱気にも似た香りが、室内を満たしていた。

かすかにそこに混じるのはつんとした獣の臭い。

窓がないその部屋の唯一の灯《あか》りといえば、冷たい石床でぼんやりと光を放つ招喚陣だった。

「……もう駄目か」

よどんだ空気をかき回すように、招喚陣の中央でうごめくものを見やりながら、彼は落胆して小さく呟《つぶや》いた。

薄青に光を放つ招喚陣の周囲には、いくつもの招喚石が転がり、まるで光の檻《おり》のように招喚陣のなかのものを閉じ込めていたが、一部の招喚石にはすでに亀裂《きれつ》が入り、今にも砕けてしまいそうだった。

ゆっくりと踵《きびす》を返し、扉に手を掛ける。

まばゆい光が目を焼き、新鮮な空気が室内に入り込む。

風に吹かれて肩についていた金色の鳥の羽がひらりと舞うのを指先で捕らえた彼は、まるで宝物を目にした子供のように微笑《ほほえ》んだ。丁寧にそれをポケットにしまい込み、そっと扉を閉める。

耳を打つ、怒りと恨みがこもった獣の咆哮《ほうこう》を閉じ込めるかのように、がちゃりと無情な音をたてて扉が閉まった途端、壁に溶け込むかのように象牙色《ぞうげいろ》の扉は跡形もなく消え去った。

＊＊＊

「親睦《しんぼく》オリエンテーション？」

前の授業の教本を片づけながら、ファニーは初めて聞く言葉に首を傾《かし》げた。前の席に逆向きに座ったクラスメイトの男子生徒が、うきうきとどこか楽しげに頷《うなず》く。

短い栗色《くりいろ》の髪をした、ひょろりとした体躯《たいく》の少年だった。喜色を浮かべる焦げ茶色の瞳《ひとみ》と、着崩した制服が活動的な印象を与える。

「そ、親睦を深めるためと、学院内をすこしでも早く覚えるために、指導生と一緒になって、学院の七不思議を解こう！　って行事。おまえ聞いてねえの？」

「うん、初めて聞いた。ニコラはどこで聞いてきたの？」

入学式からすでに二週間。授業は面白かったり、ついていくのがやっとだったりと大変なこともあるが、それでも充実した毎日をおくっていた。そして幸いなことに、アルフレッド以外には女性だとばれていない。

この、目の前で親しげな笑みを浮かべるクラスメイトにも。

『なあ、おまえ入試で主神を招喚したんだろ？　すっげーよな。主神の招喚ってどうやんの？　なにか特別な訓練でもしてたのか？　あとで招喚してみてくれよ。あ、俺《おれ》？　ニコラ・ダルマス』

授業初日の放課後、そう言って気さくに声をかけてきたニコラは、追い払おうとしたセルジュの皮肉にも気付かない、ある意味強者だった。付きまとわれているうちに、いつの間にか一緒に過ごすことが多くなっている。

ファニーの横に立っていたセルジュが、小さく嘆息をするのを不思議そうに見やる。

「やっぱりあの変人先輩から聞かされているわけがないですよね」

「指導生から聞かされるもの？」

顔をひきつらせて聞き返すと、二人はそろって頷いた。

「昼食の時に言ってくれればいいのに……」

アルフレッドは相変わらずあの派手な扮装で昼食を一緒にとろうと誘いにくるが、その会話はやはりあっちこっちに話題が飛ぶ。そして寮の部屋には戻ってこない。気をつかわなくていいのは楽だが、大切な連絡事項等は、セルジュの指導生のハルキから聞かされている状態だ。

「副寮長が苦い顔をするのもわかる……」

面倒を見なくてもいいから、せめて連絡事項の伝達くらいはしてくれないだろうか。

なんの関係もないから、なにもしないとは言っていたが、こういう方向になにもしないとは思わなかった。怒りを通り越して、普通に困る。

「オリエンテーション、一緒に出てくれると思う？」

「無理に一票」

「あ、俺も」

迷いなく言い切るセルジュに同意したニコラが、さっと片手を上げる。ファニーは力尽きたかのように、机に突っ伏した。

「悪い人じゃないとは思うんだけどな。授業には出ているみたいだし」

「単位が取れないと、卒業できないからですよ」

「そうなんだろうだけど」

セルジュの言い分はもっともだ。だがおそらくは昼食を一緒にとろうというのは、アルフレッドなりに気をつかっているのだとは思う。多分。ただ、自由奔放すぎるのだ。

「うん、昼休みの時に説得してみる。できれば引っ張り出したいな……。これ以上、副寮長に迷惑をかけられないよ」

「あ、じゃあさ、もし駄目だったら、俺たちと回ろうぜ。親睦オリエンテーションなんだしさ、たまには副寮長以外の先輩とも話してみればいいんじゃね？」

「ニコラと？　でも、ニコラの指導生って、寮長じゃないか。さすがにそれは気がひけるよ」

ぎょっとしたように身を起こす。

寮長のマティアス・レティ・ウィンダリアは、現ウィンダリア国王の長子のはずだ。

「んな緊張すんなよ。俺の家からの差し入れをおすそ分けしたら、喜んで食ってくれたしさ。下町のパン屋のパンをだぜ？　あ、そだ、あとでおまえたちにも分けるから」

現国王の長子は、誰《だれ》にでも気さくで穏やかな人物だという噂《うわさ》だったが、そこまでとは。

王族である寮長がニコラのような実家がパン屋という一般庶民の指導生をつとめるとは驚きだが、なんでも社会勉強をしたいと寮長が自ら指名したらしい。

そんな性格の寮長だから、赤子の面倒を見るわけでもないし、おそらくひとりくらい増えても、嫌な顔はしないだろう。だが。

(なんとなく鋭《するど》そうだから、女だってばれそうで怖い、なんて言えない！)

優秀そうな人の側《そば》にはなるべく近寄りたくないのだ。

「誘ってくれてありがとう。でも、寮長だって大変だろうし、なるべく迷惑をかけないように、アルフレッド先輩の説得を頑張ってみるよ」

「そっか？　まあ、おまえがそれでいいなら、いいけどさ」

笑いかけたファニーの前で、椅子《いす》に頬杖《ほおづえ》をついていたニコラがふと声を上げた。

「でも、おまえさー、めげないよな」

唐突にしみじみとニコラに呟かれて、ファニーはきょとんと目を見開いた。

「そうかな？」

「だってさ、入学式で天井から落ちてきたり、あんな派手な制服を着てたり、うさんくさい口調だったりさ。普通だったら、あんな変わり者の先輩、とっくにお手上げだぜ？」

ニコラが茶化すように笑った時、始業の鐘が鳴った。途端に彼は勢いよく立ち上がった。

「あっ、やべ！　セルジュ、ちょっとノート貸してくれよ。俺、次の古語の訳が当たりそうなんだ」

「嫌です。当たるとわかっているのに、予習をしないあなたには貸したくない。そのよく回る口の労力を脳に回せば、答えられるんじゃないですか」

「え、マジで？　黙ってたら頭よくなんの？」

「……そんなだから、入試でも合格点ぎりぎりなんですよ」

軽口を交わしながら自分の席に戻っていく二人を苦笑しながら見送っていたファニーだったが、ノートを広げながら唇を引き結んだ。

(めげない、か。なんだか後ろめたいな)

アルフレッドに女性だと周囲にばらされるのが怖いから、なるべく目を離さないでおきたい、と思っているだけなのだ。

(でも、あの様子じゃ、ばらすような感じでもないけど……)

アルフレッドが正義感溢《あふ》れる人物ならまだしも、基本的に自由気ままで自分が困らなければ別にそれでかまわない、という感じだ。ただ、本心がよくわからなくて得体がしれない。

「――トン。ステファン・ラングトン！」

ふと名前を呼ばれているのに気付いて、ファニーははっと我に返った。教壇に立った教師が眉間《みけん》に皺《しわ》を寄せてこちらを凝視している。

「えっと、はい！」

「次を訳しなさい」

慌てて教本に目を走らせる。ありがたいことに後ろの席の女生徒が小声で訳す箇所を教えてくれたので、礼を言ってつっかえつつもなんとかこなしていく。

「『……後に祝福をもたらした』」

「はい、そこまで。ぼうっとしていた割には、まずまずだ。集中を切らさないように。招喚中の注意力散漫につながる。では、次をダルマス」

緊張感から解放されて、ほっと胸をなでおろす。

（セルジュと一緒に予習をしておいてよかった……。せっかくこの学院で学べるんだから、ほんと集中しないと）

ファニーは気を引き締めるように小さく頭を振り、悪戦苦闘するニコラの声に耳を傾けた。

「今日《きょう》はアルフレッド先輩はこないのかな？　いつも授業が終わるとすぐに来るのに」

昼休み。差し入れのおすそ分けだというパンをニコラから大量に貰《もら》ったファニーは、それを前にしながら落ち着かない気分で生徒が行き交う廊下の方を見やった。

「授業が長引いているんじゃないですか。時間がもったいないですし、先に飲み物をもらってきます」

隣の席に座っていたセルジュが、読んでいた本を閉じて立ち上がる。

「あっ、わたしも行くよ」

「アークライト先輩が来たらすれ違いになりますから、ファニーはここで待っていてください」

教室の戸口で追いついたファニーは、礼を言ってセルジュを見送ると、嘆息した。

いつの間にか、アルフレッドと一緒に昼食をとることが当たり前になっている自分に驚く。

(迷惑っていうか、騒がしいけど、来ないなら来ないで、なんか調子が狂う)

性別がばれるのを気にしないでいい、という気安さもあるからかもしれない。

「――どうかしたのかな、アルフレッド先輩」

「アルフレッド？」

ふいに前を通り過ぎようとした二年の男子生徒が、足を止めてこちらを睨《にら》みつけてきた。

「アルフレッドになにかをされたのか？」

「え？　いいえ、なにもされてはいないです」

詰問するような口調に訝《いぶか》しく思うも、ファニーがきっぱりと答えると、二年生の背後に付き従っていた一年の男子生徒が、彼に耳打ちをした。こちらを見ていた淡い緑の双眸《そうぼう》がすっと細められる。

「そうか、お前が例の噂の不敬な新入生か」

「不敬？」

「入試で身の程知らずにも主神アエトス様を招喚したのは、お前だろう？　さすがあの愚か者のアルフレッドを指導生とする者だ。まさに【トガビト】候補だな。主神様を精霊や怪物と同じように招喚するなど、神に対する冒涜《ぼうとく》だ」

「そんなつもりはないです！」

耳慣れない単語を聞いた気がしたが、それよりも棘《とげ》のある言い方に、かちんときたファニーは詰め寄った。廊下を歩いていたほかの生徒たちがこちらの様子をうかがうように取り巻いていたが、そんなことにかまっている場合ではなかった。

「冒涜なんかしていません。あれは偶然――」

「追い返したことが冒涜でないとでも？」

「あの時は気が動転していて、仕方がなかったんです！」

やはりあれはまずかったのだ。こんなに責められるなんて。

ふと、背後に誰かが立つ気配がして、ぽんと頭に手を乗せられた。

「はいはい、どうどう、いい子だから落ち着きたまえ！」

緊迫した空気を一気に壊す呑気《のんき》な声。アルフレッドだと気付いて、ふっと肩に入った力が抜けた。ちらりとそちらを見上げると、柘榴色《ざくろいろ》の双眸が優しげに細められた。なんとなくそれが気まずくて、目を伏せる。

「コルベールも、あまり僕の親愛なる後輩をいじめないでくれないかい？」

軽快な足取りでファニーの前に出たアルフレッドは、いつもの奇抜な制服に、今日は大きな羽で飾られた古臭いピューリタンハットを被《かぶ》っていたが、そんな舞台役者じみた姿でありながら、なぜかその背中が妙に頼もしく見えた。それだけ焦っているのかもしれない。

「それともいじめて楽しんでいるのかな。それなら僕にしてくれればいいのに。いくらでも付き合ってあげよう。冷たい視線はぞくぞくしてくるんだ！」

自分の腕を抱いて、身をよじりながらコルベールと呼んだ二年生に近寄るアルフレッドを後目《しりめ》に、ファニーは顔をひきつらせた。

（頼もしいだなんて、前言撤回！　やっぱり変人だ……）

周囲に集まっていた人々も、同じように身を引いていく。

「――寄るな、馬鹿《ばか》がうつる」

汚物でも見るかのような視線をアルフレッドに向けたコルベールが、早々と踵を返す。そのまま振り返りもせずに、耳打ちをした一年生を連れて割れた人垣の間を通って行ってしまった。

それを皮切りに、集まっていた人々もまた我に返ったかのように足早に散開していった。

「やあ、ファニー、昨日《きのう》ぶり！」

ひとしきり騒いで気が済んだのか、ようやくこちらを向いたアルフレッドは、帽子を手に取り、やはり芝居がかった仕草で一礼をしてきた。

（って、なんでそんなところにケルベロス!?）

なぜかその頭にケルベロスが乗っているのを見つけてぎょっとする。すぐに帽子で隠されてしまったが、たしかに乗っていた。冥府《めいふ》の番犬を常時招喚しておくなど、普通ならできない。

「け、喧嘩《けんか》をとめてくれて、ありがとう」

「ありがとう、だって？」

動揺を押し隠し、頭を下げたファニーに、アルフレッドはなぜか固い声を発した。その表情はいつだったか見た真剣味を帯びたもので、一応整っているであろう面《おもて》なだけに、やはり妙な迫力がある。礼を言ったのに、こんな恐ろしげな顔をされるとはどういうことだろう。

「君にお礼を言われるなんて、初めてだ！　よし、今日の日を祝って――」

「祝わなくていい！」

唐突に笑顔を溢れさせたアルフレッドに両手で手を握られ、大きく振られた。よろめいたファニーが抗議すると、アルフレッドは急に肩を落として手を離した。

「僕は嬉《うれ》しくて仕方がないのに。この胸の高鳴りをどう表せばいいのかと」

「そのまま胸に秘めておいてくれるとわたしは、もっと嬉しい」

この大げさでふざけた態度がなければ、なおさら素直に喜べるのに。

「おや、今日はセルジュ君はいないのかい？」

「セルジュは飲み物を取りに行ったんだ。ニコラからパンを沢山もらったから、これを昼食にしようと思って。アルフレッド先輩の分もあるから、待っていたんだけど、食べる？」

自分の机の上にある紙袋をちらりと見やって、アルフレッドに問いかけると、彼はなぜか不思議そうに目を瞬《まばた》かせた。

「待っていた？　僕を？」

「なにか都合が悪かった？」

今日は昼食を一緒にとれないとでも言いに来たのだろうか。ファニーが首を傾げると、虚を突かれたような表情をしていたアルフレッドは、苦笑して首を横に振った。

「いいや、ありがたくご相伴にあずかるよ」

アルフレッドの戸惑いをわずかに不審に思いつつも自分の席につく。

「そうだ。さっきの先輩が言っていたんだけど【トガビト】って、なに？」

前の席の椅子をこちらに向けていたアルフレッドが唐突に笑い出した。

「君は本当に箱入りだったんだね。――いやいや、馬鹿にしているのではないよ？」

むっとして顔をしかめると、アルフレッドは帽子を手に取ってなだめるようにファニーの頭に乗せてきた。先ほどアルフレッドの頭に乗っていたケルベロスはまだそこにいたが、それを見ないようにして乱暴に帽子を手に取って、突き返す。

「馬鹿にしていないのなら、教えてくれ――。ううん、教えてほしい」

「【咎人《とがびと》】は特級招喚士の蔑称《べっしょう》だよ。主神を招喚することを咎《とが》とする極端な主神崇拝論者が使う言葉だ。さっき君を貶《おと》めた彼――コルベールの一族はその筆頭なんだ」

主神は神聖な方なのだから、おいそれと招喚するものではない、そういった考えを持った人々が昔から少なからずいる、というのは知っている。不完全でも主神を招喚できるような一級招喚士は稀《まれ》にそういった人々に蔑《さげす》まれることもあるらしい。

「でも、それって、なんか矛盾してる気がする」

納得がいかずに、眉間に皺を寄せる。

「アエトス様だって嫌なら招喚に応《こた》えてくれないはずだし。それを【咎人】だなんて言うのはアエトス様を否定するみたいで、わたしはそっちの方が不敬だと思う」

自分の考えを押し付けるつもりはないが、わざわざ人を不快にさせるようなことを言うのはいただけない。

「まあ、様々な考えがあるものだからね。特級まではいかなくても、一級だって忌避されることもある。昇級すればするほど、やっかみや、色んな面倒も増えていくわけだ。君の場合はそれに性別の問題も関わってくる。それでも一級になりたいかい？」

そう言って微笑んだアルフレッドに、ファニーは言葉に詰まった。笑ってはいても、どことなく硬質な笑みに、安易になりたいと口にするのはためらわれた。

（わたしが招喚士になるのに反対している？　それとも心配してくれている？）

真意を知りたくて、じっとその柘榴色の双眸を見つめる。しかしアルフレッドはなにも言わず、答えを待っているかのようにただ見返してきた。

「そういえば、先輩は……どうして学院にいるの？」

答えを口にしたくなくて、ふと思いついた疑問を投げかける。

「一級なのにかい？　理事長に放り込まれたんだよ。僕はあんまりにも協調性がなさすぎるから、集団生活を学べ、ってね。あと『ウィンダリア招喚士学院卒』っていう肩書が欲しくてね。卒業生というだけで信用の度合いと、依頼の量が違うんだ」

ファニーの答えを期待していなかったのか、こちらからの質問にはあっさりと回答したアルフレッドは、机に頬杖をついて自分の招喚石をかるく叩《たた》いた。

「依頼？　もしかしてもう招喚士協会に所属して、依頼を受けていた？」

「受けていた、じゃなくて、受けている、だね。ただ、今は王都近辺の依頼に限定しているよ」

それでも受けていることには変わりないのだ。むくむくと好奇心が湧《わ》き起こってくる。

「じゃあ、先輩は国のあちこちに行ったことがあるんだ。どんな所へ行ったの？　外国へも行った？　海とかも見たことある？」

興奮気味に机から身を乗り出すと、アルフレッドは珍しく身を引いた。

「ええと、ちょっと、どうしたのかな。急に生き生きし出したね」

「体の問題で旅行にも行けなかったから、色んな土地の話を聞くのが好きなんだ」

招喚士協会に所属し、あちこちに派遣されている兄や、若い頃《ころ》の父の話を聞くのも好きだ。

「地図なんかを見ながら話をしてもらうと、その土地に行ったみたいな気分になるし。兄上が持って帰ってくる地図は、どのお土産《みやげ》よりも嬉しかったなあ……」

残念ながら地図は寮まで持ってこられなかったが、思い出すと自然と頬《ほお》が緩む。

アルフレッドは興味深そうにこちらを見ていたが、やがて苦笑した。

「僕も依頼で行っただけだから、そんなに面白いものは見ていないよ。ああ、でも海は見たかな」

面白いものを見ていないと言いつつも話してくれるアルフレッドに、妙な感動を覚える。

（なんだ、ちゃんと喋《しゃべ》れるんじゃないか）

常時ふざけているような、大げさな言動に、周囲の人々は距離を取っているが、これならば普通に対応できる。なぜいつもこういった態度をしないのだろう。

「あ、部屋に戻ってこないのは依頼を受けているせい？」

「まあ、それもあるけど……。なんだい、僕がいないと寂しいのかい？」

からかうように顔を近づけられて、ファニーは慌てて身を引いた。昼休みで教室内はほとんど出払っていたが、それでも人目がある場所でのこんな仕草はやめてほしい。

驚きに早鐘を打つ鼓動をなだめながら、アルフレッドを睨みつける。

「寂しいなんて――」

「アルフレッド」

唐突に響いた朗々とした声に、戸口に顔を向ける。そこにいたのは険しい表情をした副寮長のハルキだった。その後ろには飲み物を取りに行ったはずのセルジュが強《こわ》ばった顔で控えていた。

「やあ、我が親友ハルキじゃないか。奇遇だな、よければ昼食を一緒にとらないかい？」

「いや、そんなことより……」

逃げ出したくなるほどの凶相を浮かべるハルキを恐れもせずに、両手を広げてにこやかに近寄って行ったアルフレッドに副寮長は声を潜めてなにかを彼に告げた。

「それは、本当かい？」

「ああ、間違いない。先生方と寮長には通達されているが、まだ公にはしない。一応お前にも先に教えておく。だから、疑われるような行動はしないほうがいい」

緊張感を漂わせて小声でやりとりする先輩二人を落ち着かない気持ちで見つめながら、ファニーが大人《おとな》しく待っていると、いくらもたたないうちにアルフレッドがこちらを振り返った。

「すまないが、ちょっと用事ができたので今日の昼食は一緒にとれない。実に残念だ」

「え？」

突然のことにファニーが驚いた声を上げると、アルフレッドは帽子を胸に当ててなおさら申し訳なさそうに眉を下げた。彼の頭の上のケルベロスが、綿毛のような尻尾《しっぽ》を振るのが見える。

「ああ、寂しいのはわかっている。僕も残念で仕方がない。だが僕は行かなければならない！　だからこれを僕だと思って今日の昼餐《ちゅうさん》の出席者にしておいてほしい」

アルフレッドは頭に乗っていたケルベロスの首根っこをつかむと、ファニーに差し出してきた。丸い三対の瞳と目が合って、胸がきゅっとときめいたが、はっと我に返ってアルフレッドを見る。

「ええと……」

「おや、こっちじゃなかった」

アルフレッドはケルベロスを自分の肩に乗せると、どこにひそませていたのか白と斑模様《まだらもよう》のウサギをファニーの頭の上に乗せた。この前帽子に乗っていた茶色い被毛のウサギとはまた別の個体だった。それを見たハルキが柳眉《りゅうび》を逆立てる。

「お前また裏山から拾ってきたな。庭師が花壇の草花を食い荒らすと困っていたから、いい加減にやめるんだ」

「それは悪かったね。わかった、今度は庭には放さないようにしよう」

まったくわかっていない返事をしたアルフレッドは、帽子を被りなおすと、教室の窓枠に足をかけた。

「あっ、待って！」

ファニーは咄嗟《とっさ》にアルフレッドのストラをつかんだ。その拍子に頭から落ちてきたウサギを空いている手で受け止める。

「っと！　なんだい？　危ないじゃないか」

「今夜も部屋には戻ってこない？　話があるんだ」

うっかりと忘れていたが、オリエンテーションのことを話さなければ。説得するには、きっと時間がかかる。

「話？　なんだか深刻なものかい？　戻れたら、顔を出すよ」

肩越しに振り返ったアルフレッドを、真剣なまなざしで見つめると、彼はとりあえずは頷いてくれた。

「それじゃ、楽しい食事をしてくれたまえ！」

あっという間に窓を乗り越え、駆けて行ってしまったアルフレッドの姿が見えなくなると、

ファニーはなんとも言えない表情でハルキを見上げた。

「あの、このウサギ、どうしたらいいんでしょうか」

「ああ、俺がどうにかしておこう」

嘆息しつつウサギを受け取ったハルキは、先ほどから眉間に皺を寄せたままだ。

「なにか大変なことがあったんですか?」

いつも騒がしいアルフレッドだが、それでもあんな急に予定を変更することなどなかった。アルフレッドも関係するなにか重大なことがあったのだろう。

ハルキはウサギを手のひらに乗せながら、ファニーを迷うように見ていたが、すぐに口を開いた。

「君は口が堅そうだから、一応、伝えておこう。――新入生の招喚石が盗まれた」

ひそめられた声に、思わず周りを見回してしまう。たしかに大きな声では言えない。

「皆、昼間は肌身離さず持っているだろう。だが寮では気が抜けるのか、ふいをつかれて盗まれたらしい」

ファニーはハルキのストラに留められた三級招喚士の証《あかし》である、三枚のオークリーフがついた銀の枝のブローチを見つめた。その中央にはハルキの瞳と同じ黒い招喚石が埋め込まれている。新入生の場合はまだ昇級試験を受けていないので、所持している形は首飾りだったり、指輪だったりと様々だ。

怖くなってファニーが思わず首から下げた銀の鎖の先にある自分の招喚石をたしかめるように握ると、隣で真剣な顔をしたセルジュも同じように手を当てていた。

「一年生の招喚石を盗んでも、なにも得なことはないと思うんですけど……」

「ああ、まだ石の純度が低いからな。ただ、低いからこそ誰にでも使える、という利点がある」

招喚石はそれを使用して招喚術を行い、成功するごとに石に磨きがかかり、純度が増していく。純度が高くなるほど高位の招喚対象を喚《よ》べる。神々などは、その最たるものだ。

そしてやっかいなことに他人の招喚石でも使用可能で、自分の招喚石よりすこしだけ純度が高いほどならば、ほとんど問題なく使える。

「あの、でも、招喚石は自分の瞳の色と同じ色をしていますし、学院内で自分の瞳の色と違う石を使えばすぐに盗んだものだってわかっちゃいますよね？」

「そうだ。だから学院の生徒が犯人だという可能性は低い。だが君たちも気を付けてほしい。盗まれたのはひとつだけではないんだ」

わかっているだけで三件の盗難事件が発生していると聞いて、ファニーは驚愕した。

「でも、それとアルフレッド先輩はどういう関係があるんですか？　盗難事件を聞いたからって、あんなに慌ただしく出て行くなんて……。招喚士協会の依頼が関係しているんですか？」

「すまないが俺にも詳しいことはわからない。依頼された内容については守秘義務がある。

軽々しく口外できないのは知っているだろう。怪我《けが》をしなければいいとは思うが、俺もそれ以上は詮索《せんさく》できない」

珍しく怒りではなく心配そうに眉根《まゆね》を寄せたハルキに、それ以上尋ねることは憚《はばか》られた。普段はアルフレッドに手を焼いていても、クラスメイトは心配なのだろう。

「ファニー、アークライト先輩のことは今はもうどうすることもできないですから、食事をしましょう。昼休みがなくなります」

促してくるセルジュの言葉に頷きつつも、ファニーは去っていったアルフレッドが気がかりで、そっと窓の外を見やった。

＊＊＊

招喚士協会本部の扉を開けると、満天の星空が広がっていた。

春とはいえ、ひんやりとした夜気を吸い込んだアルフレッドは、そのつま先をウィンダリア招喚士学院の方へと向けた。

(招喚石が闇《やみ》取引されたような情報はなし、か。無級の学生のものじゃ、価値もないし当然か)

価値のある招喚石が売買されるのは、それを報酬に上級の招喚士を雇いたい貴族の常道だ。盗まれるのは決して珍しくはない。

理事長の許可を得て、念のために招喚士協会の伝手《つて》を使って調べてもらったが、やはり裏に流された様子はない。

（直接自分で調べられれば、こんなに時間はかからないんだけどな。――早く卒業したい）

我知らず、物憂げなため息が出る。

あんな初歩的な授業は退屈で仕方がない。決められた時間に行動しなければならないのも窮屈だ。時折受ける依頼で憂さ晴らしをするくらいに。

大勢の同年代の生徒に交じるのは、それほど苦痛ではないが、騒がしいのは苦手だ。媚《こ》びられるのはもっと。自分が一級招喚士だと知った途端、一部の例外を除き、皆手のひらを返したように寄ってくる。

（でも、あの新入生は態度を変えないな。僕の言動に呆《あき》れもしない）

わざと大げさな態度をとっていれば、普通は変人扱いして近づかなくなる。

その点、あの祖父から押し付けられた男装の少女は変わっている。こちらの奇行の演技に顔を引きつらせていちいち反応をしてくるが、後は普通に接してくる。

（わざわざ男として入学してくるくらいなんだ、変わっているのは当たり前か。媚びもしない、物怖《ものお》じもしないなんてな。……ああ、そういえば話があるとか言っていたな）

いつものようにケルベロスを使って隙間《すきま》なく閉ざされていた校門を飛び越える。そうしてわずかに迷う。

消灯時間はとっくに過ぎている。同室となった少女は戻ってこない自分にしびれを切らして眠っているだろう。

(でも、昼休みも待っていたようだから、もしまた待っていたら、あとが面倒だ)

話を聞くと約束したのに、と責められてもわずらわしい。

鍵《かぎ》がかけられていない自室の窓から中に入り込む。ちらりと不用心だな、と思いつついつものように笑みを顔に張り付けたアルフレッドは、ファニーが机に突っ伏して寝ているのを見つけた。

神の加護がなければ生き延びられないのだとは思えないほど、生気に満ちたあどけない寝顔に、アルフレッドは起こすのをためらって、伸ばしかけた手を引っ込める。

と、次の瞬間、人の気配に気づいたファニーが目をこすりつつ顔を上げた。

「あ……、お帰りなさい。お疲れさま」

寝起きのどこか気が抜けた笑顔と共に発せられた労《ねぎら》いの言葉に、アルフレッドはつい呆《ほう》けてしまった。

(『お帰り』だなんて、いつ言われた……?)

帰りを待っていてくれる人がいなければ、言われない言葉だ。ともし火のように、ほんのりとした温さが胸に広がる。だがそれは、なんだかアルフレッドを落ち着かない気分にさせた。

窓辺に立ち尽くした自分に、ファニーがはっとしたように座っていた椅子から立ち上がった。

「どこか怪我でもした⁉」

「いや、怪我はしていないよ。大丈夫」

蒼白《そうはく》になって腕に触れたファニーの手をやんわりとはずし、アルフレッドは何食わぬ笑みを浮かべて、自分の寝台に腰かけた。

「さて、昼間言っていた話とはなんだい？」

「うん、でも疲れていない？」

「すこしだけ空腹なくらいかな。べつにかまわないよ」

かすかに首を傾げたファニーに、アルフレッドは唇を歪《ゆが》めた。

曖昧《あいまい》な返事だ。こんな返答では困るだろうに。

案の定、ファニーはわずかに困った表情で考えていたが、すぐにぱっと顔を輝かせて机の上に乗っていた紙袋を差し出してきた。

「それじゃ、これ食べる？　ニコラから貰った先輩の分のパン。それで、これを食べている間だけでいいから、話を聞いてほしいな、って……」

可愛《かわい》らしい取引に、アルフレッドは思わず噴き出した。

自慢ではないが、一級招喚士の自分を雇うには、それ相応の金額がかかる。招喚士協会が招喚士の質を保つためにそう定めているのだ。そしてなにより一級招喚士の数が少ない。

それを知らないはずがないのに、下町のパン数個で買収。これを笑わずにいられるだろうか。

「なに笑ってるんだよ！　いらないなら、いい」

「いや、悪かった、貰う」

ふてくされて背を向けるファニーの頭越しに、紙袋を取り上げる。その際に、ちらりと彼女の頭上に目をやり、わずかに眇《すが》めた。

薄く透けた人影がファニーの上を漂っている。そこから発せられる殺気にも似た気配をもろともせず、アルフレッドはそれを冷静に見返した。

（加護、か……）

自分には関係ないと言ったのは本心だが、昼間、楽しそうに自分の話を聞いていた彼女を思い出すと、先ほどと同じような落ち着かない気分になる。

性別を偽り、加護がなければ、死の影がつきまとうというのに、彼女はどこまでも明るい。

だが逆にそれが痛々しく思える。

「どうかした？」

「いいや、なんでもないよ。それより、話をしなくていいのかい？」

受け取ったパンを遠慮なく口にしながら促すと、彼女は意気込んだように頬を上気させて口を開いた。

＊＊＊

オリエンテーションを明日に控えた前日。

ファニーは実技場の石床に描かれた、淡い緑に光る招喚陣の上に細い糸のように立ち昇る水の竜巻を、熱心に見つめていた。

渦巻く水が弾《はじ》けるように割れる。そこに現れた妙齢の美女に、自分と同じように招喚術を見ていたクラスメイトが小さく息を呑《の》んだ。

「これが水精霊の招喚だ。何度か紙に招喚陣を描いていると思うが、実際の招喚は入試以外ではこれが初めてだろう。次の昇級試験ではこの水精霊をより人の大きさに近く、美しい姿で喚べるほど与えられる等級は高くなる。心して訓練をするように」

教師の言葉にそれぞれ頷いた生徒たちが、思い思いに散らばっていく。

その周辺には数人の修士課の学生が補助教員として立っていた。

「ステファンは主神を招喚したんだから、こんなのは楽勝だろ？　お手本を見せてくれよ」

「楽勝って……、あれは偶然だから、どうかな」

好奇心に満ちた様子で促してくるニコラに、ファニーは曖昧に笑いながら、招喚石を握りしめた。

だが、できなければ困るのは自分だ。

空中に弾いた招喚石が落ちる前に、素早く指先を動かす。ファニーは緊張に唇を引き結んだ。

光を帯びた招喚陣が震える。今にもなにかが出てきそうな張りつめた空気に、どんどんと鼓動が速くなっていく。

——と、招喚陣が唐突に崩れた。

(え?)

まるで氷が溶けるかのようにあっという間に消える。後に残ったのは、自分の瞳と同じ空色の招喚石だった。

「惜しい！　もうちょっとだったたんじゃね？」

「やっぱりいきなりは無理ですね。練習あるのみですよ」

ニコラとセルジュがそれぞれ励ましてくれるのを耳にしながら、ファニーはなんとなく違和感を覚えたまま招喚石を拾い上げた。

(なんか、変だった。誰かに鏡を叩き割られたみたいな……)

だが、その割にはなにも起こらない。招喚者ではないべつの干渉を受ければ、突風などそれなりの反動がくるはずなのに、一切ない。

「どうしたんですか？　そんなに冴《さ》えない顔で黙り込んで。なにか気になることでもありましたか？」

「うん、ちょっとなんか変だったんだけど……。もう一回やってみる」

その後何度か繰り返したが、やはりなにかに邪魔をされているかのような感覚を覚えた。ニコラとセルジュがやっても、招喚できないにしろ、叩き割られるような感触はしないと言う。

「なんだろう……？」

主神アエトスを招喚した時には、こんなおかしな感覚はしなかった。むしろ、こちらが招喚陣を割って追い返したのだ。あれとは逆のことが起こっている気がする。

まるで、あちらが招喚されるのを拒んで、むこうから招喚陣を壊しているかのような。

(気のせい、だよね)

そう言い聞かせても、招喚石を握る手にじわりと嫌な汗が滲《にじ》み出す。

自分が招喚士になるのを阻まれているのでは、などと考えてはいけない。

「あ、あのっ、ど、どうかしました？」

ふいにかけられた細い声に振り返る。小柄な体をなおさら縮めるかのように肩をすくめた修士課の青年が、おどおどとこちらを見ていた。青白い顔の青年は、記憶が正しければ入試の時に試験官として立ち会っていた人物だ。実技授業の初めに紹介されたが、名前はたしか。

「えっと、エイベル修士、でしたっけ？　招喚する時に、なんだかおかしいんです」

教師では賄いきれない分を補助する修士課の青年にこれまでの経過を伝えて、招喚石を渡す。

するとエイベル修士は懐から取り出したルーペで招喚石を観察していたが、やがてファニーにおそるおそる目を向けた。

「た、試しにこの招喚石で、わ、私が招喚してみてもいいかな？」

「はい、お願いします」

エイベル修士が課題の水精霊の招喚を行うと、一瞬だけ招喚陣が現れてすぐに消えてしまった。彼はファニーに招喚石をそっと返すと、目を泳がせながらも言葉を紡いだ。

「き、君はアエトス様を招喚したから、じゅ、純度が上がって、わ、私には使えないようだ。で、でも、亀裂もないから、問題なく使えるはず。わ、私にはわからないけど、も、もしかしたらキーツ様にはわかるかもしれない。か、彼の専門は招喚石だ」

「キーツ？」

ファニーが眉をひそめると、エイベル修士は恐れるように身をすくめ、「じゃ、じゃあ」とまるで逃げるようにほかの生徒のほうへと行ってしまった。

「ファニー、キーツ様って、キーツ公爵のご子息ですよね？」

「うん、そう、婚約者」

嫌なことを思い出した。渋面を浮かべて深々とため息をつく。

「婚約者？　誰の？」

不審げに片眉をあげたニコラに、ファニーははっと我に返って、招喚石を握りしめた。

「ええと、その、妹の婚約者なんだ。ちょっとわたしはあまり賛成していなくて」

世間にはラングトン家の子供は三人兄妹で婚約をしたのは妹、ということになっていると、父から聞かされたことを思い出しつつなんとか言いつくろうと、ニコラは複雑なんだな、と納得したように頷いてくれたので、ほっと胸をなでおろす。

（生活に慣れるのに必死で、会いに行く暇がないんだよね……）

憂鬱《ゆううつ》な気分で、一般の生徒は立ち入りを制限されている研究棟がある西の方を見やる。

あちらはファニーが入学したことを知っているのだろうか。この婚約に賛成しているのだろうか。そこのところは一度聞いてみたい。そしてあわよくば、婚約を破棄できないだろうか。

（明日《あした》のオリエンテーション、さぼろうかな。アルフレッド先輩に返事を貰えなかったし）

アルフレッドからは参加するという確約を貰えなかった。うまくかわされてしまった感をひしひしと感じる。おそらく彼は単位が貰えない行事には出るつもりはない。だから自分もオリエンテーションに出ないで、研究棟に忍び込んでみるのもありかもしれない。

ニコラの練習を見ながらそんな算段を立てていると、セルジュが肩を並べて立った。

「ファニー、博士課に乗り込むなんてことはしないほうがいいですよ」

見透かされたように低く呟かれ、ぎくりと肩を揺らす。

「や、やだな、今までだってそんなことはしなかったじゃないか」

「はあ……、あのですね、今まではそうでも、これからはわからないから先に忠告しておくんです。そんなことをしたら婚約破棄になるのはいいですけど、世間的には非常識にも兄が妹の縁談を潰《つぶ》すために乗り込んできた、と蔑まれて旦那《だんな》様の評判も落ちることになるんですからね。そこのところをよく頭に入れておいてください」

「……はーい……」

間延びした返事をすると、なおさらセルジュに睨まれたので、さっと居住まいを正して歯切れのいい声で応えた。

＊＊＊

遠くから喧騒《けんそう》が聞こえてくる。オリエンテーションの楽しげな雰囲気が漂う教室棟とは逆に、しんと静まり返った研究棟を前にしたファニーは、緊張に速まる鼓動を感じながら三階建ての建物を見上げていた。

(向こうが婚約をどう思っているのか知りたいし、怒鳴り込むわけじゃないし、大丈夫!)

結局アルフレッドはオリエンテーションには現れず、ファニーは計画を実行することにした。

自分自身に言い聞かせ、恐々と研究棟に足を踏み入れる。

（キーツ様の研究室は、三階の左から二番目……）

昨日の実技の授業が終わる間際、セルジュの目を盗み、エイベル修士を捕まえて、キーツ博士の研究室を聞き出した。ただし、絶対にひとりで行ってはいけないと蒼白な顔で言われたが。

忍び込んだ研究棟は、しかしまさに迷路のようなありさまだった。

まず階段が途中で壁に閉ざされていたり、またはひとつ階を飛ばして次の階にいってしまったり、窓だと思った場所を覗《のぞ》いてみても、外ではなくどこかのホールだったりとわけがわからない。そして驚くほど人気がない。

建て増しを繰り返したのと、秘術を盗みにくくするために建てられたというのが、嫌というほどわかった。だからこそ一般の生徒は立ち入り禁止なのだろう。

（困った……。セルジュの言う通りにしておけばよかった……）

完全に迷ってしまったファニーは、婚約者の研究室を探すのを諦《あきら》め、とにかく人に会うことを優先することにした。

扉を見つける度にノックをしてみたが、物音ひとつせず、取っ手に手を掛けて開けようとしても鍵がかけられているのかどの扉も開かなかった。

「どうしよう……」

徐々に心細さと恐ろしさが募ってくる。この歳《とし》で迷子になることがこれほど不安になるとは。

自分の後先考えない性格がこれほどうらめしいと思ったことはなかった。頭を抱えて、疲れたようにしゃがみ込む。

ふと、どこかで足音が響いた。

はっとして、音がした方へと駆けていく。どうなっているのか、何度も折れ曲がる不思議な廊下を駆けていくと突き当たりに象牙色の両開きの扉が現れた。

すでに足音はしない。ファニーは落胆のため息をついたが、念のために真鍮《しんちゅう》の取っ手に手を掛けてみた。

(あ、開く)

気がはやるのを抑え、そっと扉を押し開ける。

窓が開けられていないのか、中は薄暗い。むっとした匂いが鼻についた。しっとりとしたどこか異国の香りを思わせるそれに混じるのは、据えた獣の臭いか。

「すみません！　誰かいますか？」

人がいるわけがないと思いつつも、一応声を張り上げてみる。——と。


——オオォン……っ。


明らかに人の声ではないなにか獣の雄叫《おたけ》びのような声。ファニーはどきりとして息を呑んだ。

(え、なんだろう……？)

苦痛に満ちた声に、どことなく肌寒いものを感じたが、それでも確かめずにはいられず、扉を開けたまま部屋の中に足を踏み入れる。

暗がりに目が慣れず、手探りで進もうとしたが、室内はがらんとしていて手に触れるものも、体がぶつかるような家具もなにもない。

ふと、なにかを蹴《け》り飛ばした。その刹那《せつな》。唐突に眼前に青白い光に包まれた招喚陣が現れた。

「――ひっ」

悲鳴を喉《のど》の奥で留《とど》める。招喚陣の中に浮かび上がったものを見て、ファニーは後ずさった。

上半身は金の翼の鷲《わし》、下半身は白い獅子《しし》の怪物が憎悪の目でこちらを睨みつけ、大きな翼を広げていた。そのまま鋭い鉤爪《かぎつめ》で襲いかかるかと思いきや、まるで檻のように光の棒が伸びる招喚陣に阻まれてぶつかった。檻を形成する、いくつもの招喚石がかたかたと震える。

――オオォン……っ。

つい先ほど聞いたばかりの咆哮が耳を打った途端、ファニーは弾かれたように身を翻《ひるがえ》して部屋の外へと逃げ出した。勢いよく扉を閉めて、立ち止まらずに廊下を駆け去る。

(あれって、あれ、は……、グリュプス！)

神々の二輪戦車《チャリオット》を引くと言われている神聖な獣だ。簡単に招喚できる獣ではないのは当然のこと、招喚後もあまりの気位の高さ、気性の激しさに招喚者を食い殺すこともあるという。

そのグリュプスをどう見てもあれは無理やり招喚陣に留《とど》めていた。

走っているからだけではなく、体中の血がどくどくと音をたてるように心臓が踊る。嫌な汗が背中を流れた。

招喚対象を交渉ではなく、どうやってかこの地に縛り付ける。

(あんなの、招喚士がやったら駄目だ!)

あれを見逃してはいけない、逃げ出してはいけない、と思っても、純粋な恐怖に体が逃げる。

ふいに足音がしたのに気付いて、足を止めた。前方の曲がり角から、制服にも似た招喚士の胴着をまとった壮年の男女が姿を現す。白地に金の刺繍《ししゅう》が入ったストラは、おそらくは博士課の人物だろう。彼らはファニーの姿を見て、目を剥《む》いた。

「学生がどうしてここにいるの! あっ、ちょっと待ちなさい!」

ようやく人に会えて安心していいはずだったが、ファニーはとっさに逃げ出した。

(誰があんなことをしているのかわからない! もし、あの人たちも関係していたら……)

そう思うと、安易に助けを求めてはいけない気がした。

息が切れて口の中が鉄錆《てつさび》の味がしてくる。それでも足は止まらず、逃げ惑った。

よろめきつつも突き当たりを曲がった時だった。通り過ぎたはずの扉が唐突に開いた。

「わっ……っ」

出てきた人物に腕を取られ、部屋の中に引っ張り込まれる。

なにが起こったのかよくわからずにいるうちに、扉が締められた。間一髪で、扉の向こうの廊下を慌ただしく駆けていく音がして、やがて聞こえなくなった。

（助かった……）

足から力が抜けてその場に座り込む。壁を本棚で囲まれたそこは、どうやら資料室のようなものらしい。

助けてもらった礼を言おうと息を切らして背後に立つ人物を振り返ったファニーは、恐怖に凍りついた。

体は人間なのに、頭部が山羊《やぎ》の頭蓋骨《ずがいこつ》という異形の姿をしたものが、こちらを見下ろしていた。ずいとその頭を近づけられて、扉を背に後ずさる。

「――――っ！」

つい先ほどグリュプスと遭遇した時のように、あげかけた悲鳴を片手で押さえる。

落ちくぼんだ眼窩《がんか》の向こうから、じっと視線を注がれるのを感じて身がすくんだ。

「んん？　ファニー？　どうして君がこんなところで逃げ回っているんだい？」

くぐもっているが、聞き覚えのある軽妙な語り口に、全身の力が抜けた。そこでようやく無駄に装飾された制服と、鍵だらけの臙脂《えんじ》のストラを身に着けていることに、気付く。

「アルフレッド先輩……」

「騒がしいと思って扉を開けたら、一年生のストラが見えたからなんとなく手を伸ばしてみたけれども……、まさか君だったとはね」

アルフレッドが膝《ひざ》をつき座り込んだファニーに視線を合わせた。頭からすっぽりと被ったままの山羊の頭蓋骨に、ファニーは無性に腹がたってがしりとそれに手を掛けた。

「紛らわしい真似《まね》をしないでくれ！」

アルフレッドの頭から骨を取り払うと、驚いたように見開かれた柘榴色の双眸と目が合った。

その瞳を目にした途端、なぜか心の底から安堵《あんど》する。今さらになって、恐ろしさに細かく震え出した体を抱えてしゃがみ込み、強く目を閉じた。

あれほどの大物の怪物に会ったことはない。理性を保っているならまだしも、明らかに怒りに我を忘れているような目をしていた。

「どうしたんだ。そんなに怯《おび》えて……」

ふいにアルフレッドが心配したように肩に手を掛けた。ファニーは思わず身を強ばらせたが、すぐにその温かな手にすがるように彼に抱きついた。

「ええと、なにがあったんだ？」

珍しく上ずった声が聞こえてきて、ためらいがちに背中をさすられる。ぎこちない仕草だったが、人の体温をすぐ側に感じて、体の震えが徐々に収まっていく。たしかに人間なのだと感じる体温に、情けないことにすこしだけ目が潤んだ。

「――なにか怖いものでも見たかい？　それになぜ君はこんなところにいるのかな？」

問いかける声に、ファニーはようやく我に返ってアルフレッドの腕から抜け出そうと、身じ

ろいだ。しかし今度はアルフレッドの方からきつく拘束されてしまう。

「離してくれ」

「駄目。答えたら離してあげよう」

耳元で囁《ささや》かれ、くすぐったさに肩を震わせる。

(ひいっ、そこで、喋るな!)

ぐいぐいとアルフレッドの胸を押しても、びくともしない。震えは収まったのに、今度はなんだか気恥ずかしくて仕方がない。

「ファニー?」

「……グリプスを見たんだ」

「は?」

「招喚陣に閉じ込められているグリュプスを見たんだ!」

半ばわめくように口にすると、アルフレッドはようやく腕を離して今度は顔を覗き込んできた。その表情は真剣味を帯び、いつもは怖いと感じることはない柘榴色の双眸で恐れを覚えるほどきつく睨まれる。

「どこで見た?」

「わからない。もともと迷っていたし、滅茶苦茶に走ったから、どこを通ってきたのかも覚えていないんだ」

まるで脅されているような低い声に、早口で答える。

ファニーから視線をそらし、顎《あご》に手をやって考え込むアルフレッドからは、いつもの飄々《ひょうひょう》とした雰囲気は消えている。

「……やっぱりわたしは、見てはいけないものを見たのかな？」

「心配しなくても大丈夫。この件は僕が理事長に伝えておくよ。それより、怪我はしていないね？」

アルフレッドに大丈夫と言われると、なんとなくあまり重大なことに遭遇したという印象が薄れるが、とりあえず頷くと、彼はにっこりと笑みを浮かべた。その笑っているはずなのに、どこか圧迫感を感じる表情に、顔を引きつらせる。

「さて、あともうひとつの質問にも答えてくれないかい。どうして研究棟にいるのかな？」

「……アルフレッド先輩を捜していて、迷い込んだんだ」

「はいはい、嘘《うそ》をつかない。本当は？」

「う……。婚約者のキーツ様に会いに来ました」

どうしてかアルフレッドの目を見て言うことができなくて、そっと視線をそらす。

「――婚約者に会いに？」

「う、うん。会って、どんな人なのか知りたかったし、もしわたしと同じで納得がいかない婚約なら、破棄してくれないかな、って、思って……」

おそるおそる顔を上げると、アルフレッドは珍しくなんの表情も浮かべてはいなかった。

(怒ってる……っ)

それはそうだろう。立ち入りを禁じられている研究棟に忍び込んで、自分から危険な目にあいそうになったのだから。いくら指導生の役目を放り出しているとはいえ、後輩の行動は先輩の責任だ。

「ごめんなさい！　これはわたしが勝手にやったことで、先輩に迷惑――」

「どうしてそんなに婚約を嫌がるんだ？」

被せるように問われた言葉の硬質さに、ファニーはどきりとした。


――なぜ婚約をそんなに嫌がるんだ。


耳の裏に残る、父の言葉と同じ言葉。

「それは……招喚士になりたいから」

「別になればいい。キーツ博士自身も招喚士だ。奥方が招喚士だとしても気にするどころか、むしろ大歓迎だろう」

「でも、キーツ様は研究職だから、ずっと王都から出ないじゃないか。わたしは王都以外の外の世界も見てみたい。それに、顔も見たことがないんだ」

ぎゅっと膝をつかむ手に力を込める。

「顔も見たことがない婚約者を、君は嫌がるのか？　どんな人物なのかもわからないのに。向こうにだって選ぶ権利はある」

表情もなく淡々と告げられて、速くなる鼓動を押さえつけるように唇を引き結ぶ。

――お願いだから聞き入れてちょうだい。あなたを失いたくはないの。

いつもは気丈な母の涙声が聞こえる気がする。

「それに外の世界が見たい？　せっかく命が助かる術《すべ》があるのに、君はわがままだな。それを許す君の家族も、本当に君を助けたいのか、疑ってしまうね」

「――家族を悪く言わないで」

うめくように反論し、その柘榴色の双眸を睨みつける。

「わたしがわがままなのはわかってるよ。でも、わたしの魂が婚姻以外で定着する方法がないかって、ずっと探してくれていた家族を悪く言わないで」

見上げたアルフレッドの瞳が、わずかに揺れる。

「婚姻すれば助かるってわたしに言った時、父上たちはちっとも嬉しそうじゃなかったんだ」

助かる方法がひとつでも見つかったのに、申し訳なさそうな表情を浮かべていた。娘の意に沿わない婚姻をさせたくなかったのだろう。

「あんな悲しい顔をさせるくらいなら、婚約なんかしたくない。だったら、可能性が低いから考えてもみなかったみたいだけど、一級招喚士になって、魂を固定できるだけの力をつける。冥府から迎えがきたって、追い返せるくらいの。自分でどうにかできるなら、どうにかしたいんだ。これ以上父上たちに負担をかけさせたくない！」

耳をふさぐように頭を抱えてうずくまる。アルフレッドは前に膝をついたまま、じっと口を閉ざしていた。

「でもそれだって、結局わたしのわがままなんだ。確実に命が助かる婚姻を喜べない、わたしの。だって、わたしは男として育てられたんだから。女として、誰かの妻になれって言われても、そんなにすぐには変われないよ……」

絞り出すように言葉を紡ぐ。

こんなことは両親にも、兄にも、勿論《もちろん》セルジュにだって言えない。

男として育てられたことを恨んでいるわけではないのだ。それを家族が負い目に思っているからこそ、言えない。

ふいに膝になにかが触れた。ふんふんと探るような獣の息を感じて、ファニーがそっと目を開けると、三対の黄金色の目がこちらを心配するように覗き込み、膝によじ登ろうとしているところだった。膝から転がり落ちかけたケルベロスを慌てて支えると、冥府の門番であるはずの三つの頭の犬は、嬉しそうにふさふさとした尻尾を振って、ファニーの腹の辺りに頭をぐりぐりと押し付けた。元気を出せ、とでも言っているような仕草に、張りつめた心が、ふわりと温かくなる。

「……っ、くすぐったいよ、ケルベロス」

思わず顔をほころばせると、複雑な表情をしたアルフレッドと目が合い、ファニーは気まずそうに目をそらした。その頭になにかがぽとりと落とされる。動く気配に驚いてケルベロスを支えながら、片方の手を頭にやると、茶色い被毛のウサギをつかまえた。

「……えっと」

ウサギをつかまえたまま、戸惑ってアルフレッドを見つめると、彼はまたもや服のどこからか今度は手足の先だけ白い黒ウサギを取り出して、膝の上にぽとりと落とした。そしてまた服に手を突っ込み、灰色のウサギを取り出し――。

ファニーはとうとう声を上げて笑い出した。どこにそんなにひそませているのか、全く不明だが、次から次へと出てくるウサギに、和むやら、それを捕まえているアルフレッドを想像するとおかしいやらで、笑いが止まらなくなる。

そこでようやく無表情だったアルフレッドが、明るい表情を浮かべた。

「ようやく笑ったな」

苦笑したアルフレッドが、後ろ手に床に手をついて、天井を仰いだ。

「人を慰めたことなんかないんだ。……僕が慰めるのは、貴重だからな？」

おどけたように肩をすくめたアルフレッドに、ファニーは三羽のウサギとケルベロスを抱えて頭を下げた。

「取り乱して、ごめん……」

ケルベロスやウサギを押し付けることが慰めているつもりだったとは驚きだったが、実際に落ち着いてしまったので素直に礼を口にする。

「いや、――こっちこそ、悪かった」

小さく首を振ったアルフレッドが、立ち上がりざまそう呟くのを耳にして、ファニーははっとして顔を上げた。

思わず聞き返そうとした時、扉の外で足音がしたかと思うと、勢いよく開けられた。

「ようやく見つけたぞ。ここでなにをしている！」

現れた壮年の招喚士は、つい先ほどファニーが追いかけられていた男性だった。彼は驚いて棒立ちになったファニーのほかにアルフレッドの姿を見つけた途端、ぎょっとして目を剥く。

「あ、見つかった」

「見つかった、じゃない！　すみません！」

能天気に笑うアルフレッドの袖《そで》をぐいと引っ張って頭を下げたが、彼は下げる様子もない。

「あ、ああ、アークライトの知り合いだったのか。いや、それなら……」

壮年の招喚士は顔を強ばらせると、なぜか慌ただしく逃げて行った。呆気《あっけ》にとられてその後ろ姿を見送っていたファニーは、傍らのアルフレッドに胡乱《うろん》な目を向けた。

「先輩は、なにをしたの？」

「え？　なにもしていないと思うけどね」

「本当に？　――そういえば、先輩はどうしてここにいるんだ？」

「ちょっとした調べものだよ」

　にっこりと笑みを浮かべるアルフレッドのどことなく嘘くさい笑みを、疑わしげに見やる。だが、彼は笑ったまままそれ以上弁解することなく、さっさと部屋を出て行ってしまったので、納得がいかないながらも大人しく後について行った。

＊＊＊
「結構かかるな、これ……」

　学院内の無駄に広い廊下を箒《ほうき》で掃きながら、ファニーは疲れたようにそうこぼした。

　視線の先には、梯子《はしご》を使って天井付近まで大きく取られた窓を拭《ふ》くアルフレッドの姿がある。

ファニーとアルフレッドは、オリエンテーションを欠席したあげく、研究棟に忍び込んだことが発覚してしまい、罰として教師と寮長の指示で、学院内の廊下掃除をやらされていた。

セルジュからの怒りのこもった笑みを思い出し、ぶるりと背筋を震わせる。

(とにかく、さっさと終わらせよう。日が暮れるし)

差し込んでくる眩《まぶ》しい茜色《あかねいろ》の光に目を細めて、箒を動かす。珍しいことに、アルフレッドが大人しく掃除をしているのだ。彼の気が変わらないうちに早く終えてしまいたい。

三年の教室棟から始まり、二年の教室棟を得て、一年の教室棟に差しかかった時だった。

「あ、そうだ忘れていた」

アルフレッドが雑巾《ぞうきん》を手にしたままそう呟いたかと思うと、くるりとこちらを振り返った。

「ファニー、僕は行かなければならない」

「え？　どこに？」

ファニーは箒を握りしめたまま、雑巾を振るアルフレッドを不審げに見やった。

「僕の分身を自然という名の棲《す》み処《か》へ帰しに行くんだよ。早く行かないと日が暮れてしまうからね」

「分身？　……ああ、ウサギのこと」

合点がいったように頷く。

そもそもなぜウサギを連れ歩いているのだろう。そこのところがよくわからない。ファニーが唸《うな》っている間に、アルフレッドは桶《おけ》に雑巾を置き、さっさと窓を開いて枠に足をかけた。

「抜け出したことがばれないうちに戻って来てくれれば、行ってもいいけど……」

「なにを言っているんだい、ファニー。君も行くんだよ。裏山だからすぐ近くだ」

「え？」

「ほら早く。掃除はあらかた終えたから、もういいだろう。行くよ。この時間なら面白いものがみられる」

差し出された手をじっと見つめる。逆光になっていてその表情は見えないが、おそらくは飄々とした笑みを浮かべているのだろう。

ファニーは箒とアルフレッドの手を交互に見つめた。

つい数時間前に怒られたばかりだ。罰掃除さえもさぼったら、どうなるだろう。

でも、珍しくアルフレッドが誘ってくれたのだ。この手を取ってしまいたい衝動に駆られる。

「迷っている暇はないよ。さあ、行こう」

快活に笑ったアルフレッドに箒を取り上げられる。そうして戸惑う間も与えられず、代わりに手を引かれた。

連れてこられた学院の校舎の裏山は、山というより丘のようなものだった。

なだらかな坂をアルフレッドについて登りながら、ファニーは大きく息を吸った。

王都の外れにあるウィンダリア招喚士学院だったが、建物ばかりだったことには変わりない。実家の窓から度々見ていた山々にも似た緑の丘に、どことなくほっとした。

(あれだけ、家から出たいって思っていたのに)

こんなふうに故郷が懐かしく感じるとは思いもしなかった。

アルフレッドが登りながらところどころでウサギを放していく。それを目で追いながら、ファニーは常々疑問に思っていたことを口にした。

「前から聞いてみたかったんだけど、どうしていつもウサギを連れて歩いているんだ?」

「ん？　カラスに襲われるからだよ」

「カラス？」

思いもよらない理由に目を見開く。

「一度カラスに襲われているのを気まぐれに助けたら、懐かれてしまってね。僕が昼寝をしにくると寄ってきて服に隠れようとするんだ。困ったものだよ」

困ったと言いながらも、アルフレッドはどこか嬉しそうで、校舎にウサギを連れ込むのは駄目だとは、言いづらくなってくる。

(でも、ウサギって、そんなに懐くものかな?)

だが、アルフレッドならそれもあるような気がする。なにしろ、地獄の門番たる獰猛《どうもう》なケルベロスを招喚して手なずけるくらいだ。

動物使いのアルフレッドの姿を想像して、なんとなくおかしくなっているうちに、やがて山頂まで登りきる。

「さあ、見たまえ！　絶景だよ」

「わ……」

アルフレッドが指示した方角を見たファニーは感嘆の声を上げた。

それほど高くはない丘だったはずだが、学院自体が高台にあるせいか、学院の全貌《ぜんぼう》だけでなくその先に広がる王都がよく見える。

落ちかけた夕日が街の橙色《だいだいいろ》の屋根の煉瓦《れんが》をなおさら濃く、漆喰《しっくい》で塗り固められた白い壁を薄紅に染め上げる。所々ともされた灯《ひ》はまるで星のようで、空に浮かぶそれと同じように星座が作れそうだった。

「いい眺めだろう？　昼間も素晴らしい景色だけど、僕はこっちのほうが好みだ」

満足そうなアルフレッドの声に頷いて、連れてきてもらったお礼を言おうとしたファニーはそのまま口を閉ざした。

夕闇《ゆうやみ》のなかに立つアルフレッドは、その色彩も相まってまるで一枚の絵画のようだった。

漆黒の髪に、穏やかに細められた柘榴色の瞳は、夕日のように落ち着いた明るさの中でよく映える。アルフレッドの象徴である変わった帽子を被っていないせいか、表情がはっきりと見えた。いつもの明るいものではなく、どこか憂いを帯びたその表情は、見ているこちらが胸の痛みを覚えるようなものなのに、どきりとするほど綺麗《きれい》だと感じてしまう。

「やっぱり、綺麗だな。アルフレッド先輩の瞳」

ぽつりとこぼすと、アルフレッドがかるく目を見開いてこちらを見てきた。

「綺麗？　こんな色が？　褒められた色じゃないよ」

わずかな嫌悪を滲ませて、視線を振り切るようにアルフレッドが顔をそらしたのに、きょとんとする。

（瞳の色が嫌いなのかな？）

気に障ることを言ってしまっただろうか。

「そんなことより、この景色は気に入ってくれたかい？」

アルフレッドがことさら明るい声を上げて振り返ったので慌てて頷く。

「うん、この山もなんだか懐かしくて落ち着くし。連れてきてくれて、ありがとう」

満面の笑みを浮かべて、心からの礼を口にすると、アルフレッドはなぜか長々と息を吐いて、ほっとしたように笑った。

「元気が出たようでよかった。さっきはわがままだなんて言って悪かったよ。君があそこまで思い詰めているとは思わなかったから。――だって君はいつでも楽しそうだったしね」

「楽しそう？　そんなふうに見えた？」

「僕がいつも昼食を誘いに行くと、誰かしら君の側には人がいる。ああ、セルジュ君はまあ別として。そんな姿を見ると、君はとても楽しそうだと思うわけだよ。実際、楽しいだろう？」

「それは……うん。楽しい」

女性だとばれないように生活するのは気が張るが、それでも念願の招喚士学院で勉強ができるし、ニコラという友達だってできたのだ。楽しくないわけがない。

「君のことを思って悲しんでくれる家族なら、君が楽しければ嬉しいと思うよ。無理に変わろうとして君が笑わなくなるよりはよっぽどいいはずだ。どうしても変わらないといけないのなら、ゆっくりでいい。そうは思わないかい？」

家族には言えなかった感情を、誰かに聞いてほしかった。アルフレッドの言葉がひねくれてしまった心に、すんなりと沁《し》み込む。

目を細めて柔らかく笑うアルフレッドに、静かに頷く。

「……うん、そうだね」

アルフレッドの言う通り、無理に変わろうとしなくてもいいのだ。急激な変化をしようとするから、あんなにも苦しかったのかもしれない。

表面には出てこなくても、胸の奥にわだかまっていた鉛のように重い想《おも》いが、和らぐ。

「――ありがとう」

醜態をさらしてしまった分、礼を言うのは気恥ずかしさが勝る。顔に熱が集まるのがわかって、ファニーはそれをかくすようにわずかに顔を伏せた。

「……どうしてそこで照れるんだ」

アルフレッドの言葉がよく聞き取れなくて、顔を上げる。わずかに眉をひそめたアルフレッドと目が合って、不審そうなその視線をまっすぐに見上げた。

「なにか言った？」

「いや、なんでもない。でも、まあ、変われないなら、周囲には変わったように見せかけるっていう手もあるけどね。そのほうが気楽だ」

さりげなく口にされた言葉に引っ掛かりを覚える。

「気楽？　そうかな。見せかけるってことは、本当の自分の性格と違った性格を演じるってことだよね。それって気楽って言うより、気を配らなくちゃならないし、すごく疲れそう」

ただでさえ性別を偽るのはひやひやするのだ。そこへ別の性格を演じるのは厳しい。

「ちょっと、わたしには無理だと――。アルフレッド先輩？」

アルフレッドがなぜか驚いたように目を見張ったのに、首を傾げる。

「なにか変なことを言った？」

「君は……わかって言っているんじゃないんだな。勘が鋭いのか、そうじゃないのか、不思議な子だ」

片手で顔を覆い、どこか悲しげに目を伏せたアルフレッドの言わんとしていることがよくわからず、問いかけようとしたが、それよりも先にアルフレッドは苦笑して身を翻してしまった。

「さて、長居をしてしまったね。そろそろ戻らないと、僕はともかく、君が行方《ゆくえ》不明になったと大騒ぎになってしまう」

「僕はともかくって……、どっちが行方不明になったって、大騒ぎになると思うけど」

「ならないさ。僕はあちこち出歩いているからね。姿を消すのはいつものことだから。誰も気にしない」

歩き出すアルフレッドのあとを追いかけようとしたファニーは、思わず足を止めた。無意識のうちに彼のストラを握りしめる。あまりにも当たり前のように言われた言葉に胸を突かれた。

「――そんなこと、ないよ。心配してる人だっている」

自分勝手な感情を押し付けているのかもしれない。それでも、誰も気にしない、と口にされるのは悲しかった。

「ちょっと前に副寮長が言っていたんだ。怪我をしてなければいいって。それに招喚石の盗難があったから、疑われるような行動はしない方がいい、とか忠告してくれていたじゃないか。わたしちゃんと気にかけてくれている人がいるんだから、そんなふうに言わないでほしい。わたしだって、アルフレッド先輩が戻ってこなかったら、きっと寂しい」

虚を突かれたようなアルフレッドの表情に、気にかけている人がいるとは、欠片《かけら》ほども思っていないのだと気付いて、なおさら胸が痛んだ。

「寂しい？　僕は君を放置しているのに？」

「でも、昼食には誘いに来てくれる。それは苛立《いらだ》つこともたくさんあるけど、たまに先輩が来ないと、なんだかつまらないんだ」

アルフレッドのストラをつかむ手に力を込め、見下ろしてくる柘榴色の瞳を、なおさらまっすぐに見上げる。その手を上から握り込まれた。

「つまらない？　あんなふざけた態度を楽しいと思える君は頭が大丈夫か？」

「先輩が言うな！」

ぼそりと呟かれた言葉と突然手をつかまれたことに動揺して、ファニーはかっとして声を上げた。だが、こちらが怒っているというのに、アルフレッドは面白そうに声を上げて笑った。

「うん、やっぱり君は怒った顔がいいね。生き生きしてる」

「なんだよそれ。ああもう、心配して損した。もう二度とアルフレッド先輩なんか心配しない」

苛立ったように手を振り払い、山を下りようと歩き出しかけてふと気付く。

（あれ？　ちょっと待って……。ふざけた態度？　頭が大丈夫か、って言ったけど……）

ふざけた態度だとわかっていてやっているというのだろうか。

後ろからなぜか嬉々としてついてくるアルフレッドを急いで振り返ろうとした時、ふいに足元をなにかがさっと横切って行った。慌てて止まったファニーは、そちらを見て目を輝かせた。

「あ、トリフィリ！」

足元を通り過ぎたのはウサギだった。そのウサギが美味《おい》しそうに食べている葉を見て、そっと近づく。

「なにか特別なものかい？　ただの草のようにも見えるんだけどね」

「まあ草は草だけど、一級招喚士でも知らないんだな。これ、面白いんだ」

人に慣れているのか、逃げ出しもせずにもくもくと草を食べるウサギの側にしゃがみ込み、所々に咲く、白い毬《まり》のような花の下に緑の絨毯《じゅうたん》を敷き詰めたかのように生えている葉のひとつに触れる。

「兄上に教えてもらったんだけど、これ、三つ葉だろう？　でも、たまに四つ葉のものがあるらしいんだ」

「ふうん？　それがそんなに珍しいものなのか」

「そうらしいよ。わたしも見たことがないし」

子供の頃、庭の一角に半ば蔓延《はびこ》るようにしてトリフィリが生えていた。セルジュと一緒に四つ葉のものを探したが、いくら探しても見つからなくて、悔しい思いをしたのを思い出す。

「葉の一枚一枚に意味があって『希望、誠実、愛情、幸運』だったかな。あとトリフィリ自体の花言葉が……。えっと、なんだったかな……。でも、とにかく見つけたら幸せになれるって」

ひとつひとつの葉に触れながら探していると、アルフレッドも側で身をかがめて興味深そうに眺めた。

「あ、見つけたよ」

「え⁉　どれ？」

歓声を上げてアルフレッドの手元を見ると、まさに四枚の葉をつけたトリフィリが握られていた。

「すごい、本当に四つ葉だ……。あんまりにも見つからないから、兄上の作り話だと思ってた」

物珍しげにまじまじと見つめると、アルフレッドはなぜか眉を下げた。

「……ええと、ファニー、なんかごめんね」

アルフレッドが謝ったかと思うと、トリフィリを二つに分けた。四つ葉だった葉が、三つ葉と一つ葉に分かれる。つまりは二本ある。子供だましの偽造にようやく気付いたファニーは、あっという間に赤面した。

「だましたな！」

「こんなに見事に引っ掛かるとは思わなかったんだよ。それでも、いるかな？」

悪びれなく笑ったアルフレッドに偽造トリフィリを差し出されて、ファニーは恥ずかしまぎれにそれを受け取った。そうしてさっさと彼に背を向けて歩き出す。

「――めげないな」

「え？」

脈絡のない言葉に驚いて振り返ると、彼はすでに笑みを引っ込めて、ファニーの頭上を見据えていた。自分に向けられているわけでもないのに、鋭い視線にたじろいで、息を呑む。

「アルフレッド先輩？」

度々向けられる自分からすこしずれた視線の意味やさっきの言葉の意味を聞いていいものかどうか、迷って、結局名を呼ぶことしかできなかった。柘榴色の双眸が、ゆるりとこちらに降りてきて、まっすぐにこちらを見つめたかと思うと、微笑んだ。

「今度はちゃんと四つ葉を見つけてあげよう。任せてくれたまえ。――ところでファニー」

「なに」

「そっちは学院のほうじゃない。こっちだよ」

「――わかってる！　ちょっとあっちが見てみたかっただけ！」

差し出された手を無視し、ファニーはまたもや顔を赤くしてそそくさと方向転換をした。

＊＊＊

「ファニー！　どこにいっていたんですか！」

廊下に置いたままの掃除道具を片付けに校舎に戻ると、セルジュが血相を変えて走り寄ってきた。その焦った様子にファニーはきょとんとして口を開いた。

「え？　アルフレッド先輩と裏山」

「みんなで探していたんですよ！」

両手で肩をきつくつかまれて怒鳴られ、ファニーは驚いて目を見開いた。傍らにいるアルフレッドも不思議そうに首をひねっている。

「研究棟に迷い込んだくらいで夕食までに掃除が終わらなかったら可哀想《かわいそう》だ、ってニコラが言い出して、そしたらクラスの何人かでこっそりと手伝おうって話になったんです」

「え……」

思いもよらないことに、胸が詰まって片手で口元を押さえる。

「でも、来てみたらあなたもアークライト先輩もいないし、掃除道具は放置されたままですし。副寮長から聞いた招喚石の盗難事件の犯人もわかっていないから、なにかあったのかと思って、探し回っていたんですよ！」

見たことのないセルジュの蒼白な顔に、狼狽《うろた》えるあまりファニーがなにも言えないでいると、彼は額を肩に押し付けてきた。

「あなたになにかあったら、ほんとどうしようかと……。一緒に頑張ろうって約束も果たせないかもしれないって、あなたと離れたのを後悔しました。――二度となにも言わないでどこかへ行くことはしないでください」

「……うん、ごめん。二度としない」

肩に触れるセルジュの銀髪に頬を擂《す》り寄せる。セルジュが取り乱すなど、今までなかっただけによほど心配したのだと思い知った。

(入学してから、謝ってばかりだ……)

迷惑をかけたくないと思っても、結局はかけている。目を伏せて、唇を噛《か》みしめた。

セルジュがここまで心配するのは、おそらく彼の両親が事故で亡くなったせいだ。ファニーの父の友人だったセルジュの両親たちは、彼を残したまま出かけて、そのまま帰らぬ人になってしまったらしい。

「ファニーは愛されているね。なんだか妬《や》けてしまうよ」

ふいにアルフレッドのすねたような物言いに、ファニーが言い返そうとすると、セルジュに押しやられた。

「アークライト先輩、もうファニーに近づかないでくれませんか。どうせきちんと指導生をやるつもりなんかないでしょう。中途半端にちょっかいを出してみたりして、あなたのお遊びにファニーを付き合わせないでください」

「なに言っているんだよ、セルジュ！　わたしは自分で考えて先輩に付いて行ったんだ。アルフレッド先輩のせいじゃない」

アルフレッドに食ってかかったセルジュの腕を慌てて引いたが、予想以上の力で振り払われたのに驚いて立ち尽くす。

アルフレッドが微笑んで大げさに肩をすくめた。

「それはできない相談だね。僕は一度だってお遊びでファニーを誘ったつもりはない。本当に困ることもしていないし、秘密も言っていない。君にとやかく言われることじゃないだろう？」

「ええ、そうですね。でも、目障りなんです」

「おや、言うね」

にっこりと貼《は》りつけたような笑みを浮かべるセルジュと、面白そうに彼を見下ろすアルフレッドは、互いに冥府の使者のように凄《すご》みのある表情で、ファニーは背筋が寒くなった。

当事者を置いて、なぜこの二人が言い合いをしているのだろう。わけがわからない。

「あっれー？　ステファンいるじゃん！」

困惑しかけたファニーの耳に、聞き覚えのある能天気な声が飛び込んできた。助かった、とばかりに急いで振り返る。

「ニコラ！　探してくれたんだって？　心配かけさせてごめん」

走り寄ってきたニコラに早口で謝罪をすると、一発触発状態のアルフレッドとセルジュもそれに気付き、視線をそちらに向けた。

「いや、怪我がないならいいんだけどよ。あ、寮長ぉー、ステファンいました！」

背後を振り返ったニコラが大きく手を振る。廊下の先から寮長とハルキがやってくるのが見えて、ファニーは慌てて居住まいを正した。

「ああ、やっぱりアルフレッド君と一緒でしたか。無事なようでなによりです」

遠目には何度も見かけたことはあるが、こうして直接顔を合わせたことはない。

気さくで穏やかな性格だと噂に聞いていた通り、柔和な笑みを浮かべている寮長は、どこかほっとさせるような雰囲気の持ち主だった。不敬かもしれないが、王族の威厳はあまり見当たらず、面倒見のよさそうな好青年といった感じだ。

「ニコラ君、セルジュ君、ふたりが見つかったので寮に戻るようにと皆に伝えてください」

柔らかな笑みのまま、セルジュたちに指示をした寮長は、彼らが名残惜しそうに何度も振り返りながらその場を去ると、残されたファニーとアルフレッドに向きなおった。

たちまち緊張感に身がすくむ。

寮長の困ったような笑みとは対照的に、渋面のハルキがその背後に控えていて、退路を断たれた騎士のような気分になる。

「あなたたちは、罰掃除の意味をわかっていますか？　そもそも――」

寮長が決して声を荒げずに、静かに、こんこんと諭してきたのは、かなり身に染みた。怒鳴られるほうがまだましだ。アルフレッドも同じなのか、珍しく顔を引きつらせつつも神妙に説教を受けている。

「しっかりと理解しましたか？　今後はよく考えて行動をするように」

「はい、ご迷惑をおかけしました」

締めくくりの言葉を口にする寮長にファニーが素直に頭を下げると、隣でアルフレッドも大人しく頭を下げた。

(先輩が、頭を下げてる！)

罰掃除を教師に言い渡された時にも頭を下げなかったのだ。ファニーが驚いていると、それまで口を挟まずにいたハルキが嘆息した。

「アルフレッド、本当にお前は寮長の言うことだけには素直だな」

「そうかい？　僕はいつでも素直だよ」

顔を上げていつもの明るい表情を取り戻したアルフレッドが、ちらりと寮長を見やってすぐに視線をあらぬ方へとそらした。その仕草に、ふと気付く。

(もしかして寮長が苦手、なのかな？)

それほど寮長と接しているわけではないが、今回のようになにがあっても自分の調子を崩さないというのは、人を振り回す傾向のあるアルフレッドにはやりにくい相手なのかもしれない。

それにいつも穏やかな人ほど本当に怒った時にはものすごく怖いのだ。ファニーの母がそうだった。いつもはにこにこと笑っているのに、ここぞという時には父よりも怖かった。

なにも怖いものなどなさそうなアルフレッドにも弱点があるのだと知って、親近感が湧いてくる。

「ねえ、僕はいつも素直だよね？」

「……違うと思う」

呆れた。自由に行動するのは素直とは言わない。

そんなふたりのやり取りを見ていた寮長が、楽しそうな笑みを浮かべた。

「それにしても、アルフレッド君がこんなにステファン君をかまうのは意外でした。まるで気になる女性にちょっかいをかけているようで、見ていてとても面白い」

ぎくり、とした。ばくばくと心臓がたちまちのうちに速まる。

（ああ、だから優秀そうな人には近寄りたくないんだ！）

まさか、という思いに声が出ないでいると、アルフレッドが顔を強ばらせたファニーを隠すように両手を大きく広げて前に出ると、弾けるように笑った。

「寮長、いくらこの僕でもそっちの趣味はありませんよ！　それにファニーも女性扱いされて、怒っていますよ？」

「そ、そうです。わたしが女の子みたいに細くても、これから鍛えれば副寮長のように立派な体格になりますから！」

とっさに口にした言葉に、そこにいた三人はぴたりと押し黙ってまじまじとこちらに注目してきた。寮長が拳《こぶし》を顎に当てて思案するかのように見つめ、ハルキはなんともいえない曖昧な表情をしている。アルフレッドに至っては、笑いをこらえているのか、唇がむずむずと動いていた。

「ステファン君、失礼だろうとは思いますが、それは無謀だと思いますよ」

「目標をたてることだけは、本人の自由だが……」

「ハルキのようにがっしりしたファニーはなんか嫌だね」

三者三様の反応に、ファニーはさすがに言いすぎたと、頬を掻《か》いて乾いた笑いを返すしかなかった。

夕闇が差し迫る日暮れ時、人気の少ない教室の自分の席についていたファニーは、無言でノートを眺めるセルジュを、息詰まるような思いで見つめていた。

「この年号と、この招喚士名が違います。あと、イングリド・ブラン宮廷招喚士長の遠征先はルレア州です」

「……今度こそ合っていると思ったのに」

淡々とした声音で間違いを指摘され、ファニーは肩を落として机に突っ伏した。

様々なことがありすぎたオリエンテーションも過ぎ、すでに季節は春も終わりに差し掛かっている。一年生のストラと同じ色の若葉があちらこちらで萌《も》え出でてきて、実に爽《さわ》やかな季節になってきた。

そしてそろそろひと月後の昇級試験の準備も始まっている。

年二回の昇級試験だが、受験の有無は個人の自由だ。ただ、入学してから初めて行われる昇級試験だけは、必ず受けるようにと指導されている。そのための課題が山ほど出されていて、当然それに準じた小さな試験も教科ごとに行われていた。

「歴史なんか嫌いだ……」

招喚士の名と偉業と年代がいつもごちゃまぜになるのだ。

「はいはい俺《おれ》も！　招喚士の偉業や年号を覚えたって、なんの役に立つんだろうな」

「そうだよね！」

隣の席で教本とにらめっこをしていたニコラが同意してくれたのに、嬉《うれ》しくなって何度も首を縦に振る。

「はあ、あなたたちは……。招喚士になって対処がわからない事例に出合った時に、参考にするためですよ。知識不足でみっともなく狼狽《うろた》えるのが嫌だったら、黙って偉業のひとつでも覚えてください」

「う……、はい」

呆《あき》れた口調のセルジュのもっともな意見に身を縮ませたファニーだったが、しかしニコラは不満そうにうなった。

「でもさー、俺、卒業したら協会招喚士になるし、そんな歴史に残るような事件に遭遇するとは思えねえっていうか……」

「それを言うなら、宮廷招喚士になりたいオレだって同じです。大事件なんて、そうそう起こるものじゃない」

思わぬ言葉に、ファニーは驚いた。ニコラはもう卒業後の進路が決まっていたのか。

「ニコラは協会招喚士になるのが決まっているの？」

「へ？　なんで？」

「だって、協会招喚士になるって言ったから」

「ああ、違う違う。それ目標。気合いを入れるためになるって言ったんだ」

快活に笑ったニコラに、なぜか笑い返すことができなかった。

「ガキの頃《ころ》に協会招喚士に命を助けられたことがあってさ、憧《あこが》れたんだよ。だから駐在じゃなくて派遣される協会招喚士になって、俺と同じように困っている人の手助けをしたい。ついでに、実家のパン屋の宣伝とかしたり。おまえにもあるだろ？　目標」

屈託ない問いに、声が詰まった。

一級招喚士になって、命の危機を乗り越えて、婚約解消したい。一番の目標はこれだ。だが、これを言えるわけがない。

「えっと、招喚士になって、世界中を見てみたいかな」

「見てどうすんの？」

「え？」

心底不思議だとでもいうようなニコラを戸惑って見返す。

「だからさ、ほらセルジュなんかは宮廷招喚士になりたいわけじゃん。なあ？」

「ええ、ゆくゆくは宮廷招喚士長になって、政治に介入してみたいです」

セルジュのその目標は知っていたので驚きはしなかった。ただ、明確な目標を挙げられない自分に情けなくなる。

（わたしの目標……ってなんだろう。一級招喚士になったそのあとは？）

考え込んでいると、なにか深刻な問題でもあるのかと思ったのか、ニコラが気まずそうに笑いかけてきた。

「なあ、言いたくないなら……って、なんか騒がしくねえ？」

耳を澄ませるまでもなく外がやたらとうるさいことに気付いて、窓の外を見やった。茜色《あかねいろ》の空に、カラスが飛び交っていた。それも一羽や二羽どころではなく、おそらくは十羽近くはいるであろうカラスが、校舎の周りを舞っていた。

「なんだろう……？」

「オレはとてつもなく嫌な予感がします……」

渋面で低く言い放つセルジュと共に空を見上げていると、放射状に建てられた校舎の中庭を突っ切ってくる人物がいた。

「あれは……アルフレッド先輩!?」

今日《きょう》は日が落ちても目立つ真っ白なトップハットを被《かぶ》ったアルフレッドが、カラスに追いかけられつつもこちらにやってくるところだった。

「今度はなにをやらかしたんですかね、あの変人」

「呑気《のんき》に言っている場合じゃないよ、危ないって！　アルフレッド先輩、こっち！」

とうとうセルジュがアルフレッドを「変人」と呼び捨てにし出したのも仕方がない。いったいなにをしたらカラスに追いかけられることになるのだろう。

窓を開けて必死に手を振ると、こちらに気付いたアルフレッドが、カラスの群れを振り切り走ってきた。アルフレッドが室内に飛び込むのを見計らって、ニコラと一緒に窓を閉める。

締め出されてしまったカラスは、ぎゃあぎゃあと窓の向こうで悔しげに鳴いていたが、やがて窓辺から去ると、そのまま中庭の時計塔にとまった。

「ああ、助かったよ、ありがとう」

帽子を手に取って窓を背にずるずると座り込んだアルフレッドの額から血が出ているのに気付いて、ファニーはぎょっとした。

「医務室に行こう、先輩。顔を怪我《けが》をしてる」

「え、ああ、これくらいなら舐《な》めておけば大丈夫」

「舐められるものなら、舐めてくださいよ」

セルジュが言い放った皮肉をさらりと無視したアルフレッドは、帽子の中を覗《のぞ》き込んだ。

「うん、大丈夫かな」

「なにがいるんだ?」

アルフレッドが差し出してくれたので、帽子の中を覗き込んだファニーはそこに細かく震える仔《こ》ウサギがいるのを見て、驚いた。

「これって……」

「うん、カラスに襲われていてね。カラスから奪ったら大挙して追いかけてきて、もう大変」

快活に笑ったアルフレッドからウサギを受け取ると、ところどころ毛がむしられていたものの、大きな怪我はしていないようで、安堵《あんど》する。セルジュが顔をしかめてアルフレッドを見やった。

「馬鹿《ばか》なことをしますね。カラスだって今は繁殖の時期だ。いくらあなたでも、いつもより狂暴だって知らないわけがないですよね」

「まあねえ。でも、いくら自然の掟《おきて》とはいっても、見捨てたら寝覚めが悪いからね。これも運命ってことさ」

あっけらかんと言い放ったアルフレッドの姿が、そこでようやくあまりにも悲惨な状態だと気付く。遠目には白いと思っていたトップハットは、所々が薄汚れ、血らしきものが付着していた。飾りの金の鎖も所々が切れ、乗せられていた時計の硝子《ガラス》も割れている。そして奇抜な制服もあちこちが破れ、まるで雑巾《ぞうきん》でもたれさがっているかのように無残だった。艶《つや》やかな黒髪も乱れてその下の顔も額だけではなく、頬《ほお》にも多少の引っかき傷がある。

そんなことは気にも留めず、「それじゃ」とどこかへ行こうとするアルフレッドに、ファニーはとっさにその腕をつかんだ。

「そんな姿でどこに行くんだ。医務室に行かないなら、わたしが手当てする」

「ええ？　そんな大した怪我じゃないよ」

「いいから。わたしが見ていられないんだ」

逃がさないようにアルフレッドの腕を握りしめる。彼は束《つか》の間言葉を失ったようだったが、観念したように笑った。

「――それじゃ頼もうかな」


怪我の手当ての前に汚れを落とした方がいいから、とアルフレッドを浴室に追いやったファニーはついてきたセルジュとニコラを振り返った。

「こっちはわたしひとりだって大丈夫だよ。もうそろそろ夕食だから、先に食堂に行って遅れるって副寮長に報告しておいて」

「でも……」

気がかりそうにちらりと浴室の扉を見やったセルジュだったが、思いなおしたのか小さく頷《うなず》くとニコラと部屋から出て行った。

セルジュたちがいなくなると、ファニーは備え付けの薬箱を寝台の脇《わき》の棚から取り出した。

アルフレッドはまだ出てくる様子がないので、手持ち無沙汰《ぶさた》になってしまい、なんとなく椅子《いす》に座って教本を開く。

招喚陣の解説を眺めながら、今日の実技の授業を思い出した。

（なんでできないかな）

招喚石を使っての初めての授業以来、招喚に成功したことがない。セルジュもニコラも指定されている水精霊の招喚に一応は成功している。ただ、その個体の見た目が幼かったり、体そのものの比率が小さかったりするくらいだ。クラスの中でも大体がそんな感じで、成功していないのは、ファニーのほかはひとりふたりといったところだ。さすがにこれで落ち込むなという方が無理がある。

（やっぱり、なんかに邪魔されているような気がするんだよな……）

教師も、補助教員をしているエイベル修士も首をひねっている。成功しかけているのに、あそこで招喚陣が壊れるのは見たことがないらしい。教師の間でも問題として取り上げられているようだが、原因がいまいちよくわかっていない。

教本から目をそらし、首から下げた鎖に通した招喚石をはずしてそれをじっと見つめる。自分の瞳《ひとみ》と同じ空色をした招喚石はやはり曇り一つない。嘆息して机に顎《あご》を乗せる。その視界に、これでもかというほど書き込みをした教本が映って、なおさら焦燥感が募る。

こんなことでつまずくとは思いもしなかった。

「目標もわからないし、アエトス様を追い返したから、ほかの神とか精霊《ニュンペー》が怒って招喚に応《こた》えない、なんてことだったら、どうしよう……」

可能性がありそうで怖い。

「なにがどうしよう、なんだい？」

ふいに背後から声をかけられて、ファニーは机から飛び起きた。慌てて振り返ると、濡《ぬ》れた髪を布で拭《ふ》きながらこちらを不思議そうに見ているアルフレッドの姿があった。

さすがに下はきちんと穿《は》いていたが、上半身は装飾のない白いシャツをさらりと羽織っただけで、ボタンは留められていない。程よく筋肉のついたしなやかな体躯《たいく》が見えて、それがなんだか妙になまめかしい。

（な、なんか見ちゃいけない気がする……）

兄がいるのだから男の素肌を目にしていなかったわけではないが、速くなる鼓動は抑えられない。きっと顔も真《ま》っ赤《か》だ。

初めてアルフレッドが自分とは違う、『男性』なのだと意識した。

「せ、先輩は卒業したあと招喚士協会にもどるんだよね？」

動揺を押し隠すように脈絡のないことを口にすると、アルフレッドはわずかに考える素振りをみせた。

「そうだね。依頼を受けて各地を回る派遣の招喚士にね」

「やっぱりちゃんと決まってるよね……。卒業後の目標をちゃんと決められないのは、わたしくらいかも」

それはなんだか半端な気持ちで招喚士になりたいと言っているような気がして、どうにもやりきれない。

「でも、君の当面の目標は一級招喚士になって命をつなぐことじゃないのかい。焦って決めて、こんなはずじゃなかった、と後悔するより、散々悩んだ方が納得もいく。なにより目標なんて明確じゃなくてもいいと僕は思うけどね」

アルフレッドの意外に的確な助言に、我ながら単純だとは思うが、すこし気が楽になる。

（そうだよね。すぐに決めなくてもいいんだよね）

ふと、手元の教本が目に入る。それより今は、昇級試験の方が最優先だ。

「あの、招喚のことでちょっと聞きたいんだけど……」

今更のようで気が引けたが、それでも招喚できなくなってしまったことを詳しく伝える。

これまでアルフレッドには一度も相談をしたことはない。

オリエンテーションが終わってからも、アルフレッドが自室で休むということはなかったし、昼食の時にもあまり深刻な話はしたくなかった。そしてなにより一級招喚士になんか負けたくない、という変な意地が邪魔をしていたのだ。だが、昇級試験が迫っているのだ。もうそんなことも言っていられない。

アルフレッドは考え込むようにかるく目を伏せていたが、やがてひとりで納得したように頷いた。

「うん、ちょっと招喚陣を描いてみてくれないかい」

言われた通りに机に向かい、ペンでノートに招喚陣を描いていく。その背後にアルフレッドが立って、ファニー越しに机に手をついて横合いから覗き込んできた。

風呂上がりのせいか、ほのかに石鹸《せっけん》の香りがする。体温さえも感じられるような距離に妙に意識してしまい、ペンを持つ手が強《こわ》ばった。

なんとか線が震えないように招喚陣を描き終える。アルフレッドはその体勢のまま、思案するかのように招喚陣を見つめていたが、しばらくして机の上に置いた招喚石を手に取った。

「んー、特に問題はないと思うんだけどね。招喚石もくすんでいたり、欠けてもいないようだし。先生の見解は？」

「アルフレッド先輩と同じことを言ってた。理事長は努力次第だって言ってるみたいだけど」

「努力次第、ねえ……。十分に頑張っているとは思うけどね。加護の力が強すぎるのかもしれないね」

「強すぎると、どう……っ」

思ったよりもアルフレッドの顔が間近にあって、思わず口をつぐむ。彼の視線は時折見せるようになぜか頭上に向けられていたが、ファニーの視線に気づいてすぐにこちらを見据えた。

「強すぎると、低級な精霊は神の気配に遠慮して招喚に応えてくれないことがあるんだ。でも、努力は間違っていないから大丈夫だよ。すくなくとも、僕は君の努力を知っている。その教本の書き込みを見れば一目瞭然《りょうぜん》だ。──だから、おまじないをかけてあげよう」

そう言ったアルフレッドは、手にしていたファニーの招喚石にそっと唇を寄せた。

まるで心臓に直接口づけられたかのような感覚。

耳のすぐ側《そば》で鼓動が鳴り響いているような。

真剣味を帯びた柘榴《ざくろ》色《いろ》の双眸《そうぼう》が、じっと見返してくる。いつものふざけた雰囲気は微塵《みじん》もなく、簡素な服装はまるで別人のような印象さえ抱かせた。

拭《ぬぐ》い残した水がアルフレッドの頬を伝い滴り落ちるのが、どこか退廃的、蠱惑的《こわくてき》にさえも感じてしまう。

再び髪の先から滴がしたたった。それが机の上に置いた手の甲に落ちた途端、ファニーははっと我に返った。アルフレッドの手から、引っ手繰るように招喚石を取り戻す。

「ちゃんと髪を拭け！」

アルフレッドが頭に被った布を奪い取り、そのままうっかりと見惚《みほ》れていたのを隠すようにがしがしと乱暴に髪を拭く。

「痛っ、ファニー、もうちょっと優しくしてくれないかい？　そんなに強く拭いたら、禿《は》げてしまう」

「そんなの知らない！　勝手に禿げればいい」

痛い痛いと言いながらも、頭を差し出すのをやめないアルフレッドは、なぜかどこか嬉しそうで、それがよけいに腹がたった。

「禿げたら君だって嫌だろう？」

「だから、わたしには一切関係ないから！」

髪を拭いていた布をアルフレッドに投げつけて、苛立《いらだ》ったまま薬箱の蓋《ふた》を開ける。そうして取り出した綿に消毒液をたっぷりと染み込ませ、アルフレッドの頬の傷に押し付けた。

「……っつぅ」

「あっ、ごめん、痛かった？」

しかめられた顔に、怒りがすっと収まる。さすがにやりすぎた。罪悪感が湧《わ》き起こってくる。

「いや、大丈夫。でも、ファニーにだったら、痛くされてもいいかなとかちょっと思って――」

「傷口に塩を塗り込もうか？」

心配なんかする必要はなかった。胡乱《うろん》な目でアルフレッドを睨《にら》みつけると、彼は苦笑しながら首を横に振った。

＊＊＊

開け放たれた窓から春の名残の風が吹き込んでくる。

本当ならば穏やかな気持ちになるはずの陽気だったが、今朝のファニーはそれどころではなかった。

「ない……」

青ざめた顔で自室の机の上を見つめて、愕然《がくぜん》と肩を落とす。机の引き出しを漁《あさ》り、寝台の横の棚の上やその引き出し、あまつさえ昨夜アルフレッドの傷に塗った薬をしまった薬箱までひっくり返したのに、目当てのものがない。

(あれがなかったら、どうしたらいいんだ……。せっかくアルフレッド先輩が頑張ってるって褒めてくれたのに)

焦燥感に喚《わめ》きたくなるのをこらえながら、寝台の下や衣装箱の中までも泥棒が家探しするように覗き込む。

「ファニー、朝食に行きますよ」

ふいに扉を叩《たた》く音とともに部屋の外でセルジュの声がした。その声に気が緩んだのか、なかば半泣きになりながら勢いよく扉を開ける。

「どうしたんですか？　朝からひどい顔。まさかあの変人になにかされましたか？」

ふるふると無言で首を横に振る。

アルフレッドは昨日《きのう》も自室では休まずに寝床にしているという理事長室へと行ってしまった。今朝《けさ》もまだ顔を合わせていない。

「ないんだ」

「え？　なにが……って。まさか……」

「わたしの招喚石がどこにもないんだ！」

すがるようにセルジュの胸倉をつかむ。セルジュが瞠目《どうもく》して、急いで部屋の中に足を踏み入れた。

招喚石の盗難事件の犯人はまだ捕まっていない。寮に部外者が入れば、それだけで目立つだろうし、なにより痕跡《こんせき》がなにも残っていないそうなのだ。

「副寮長から聞いた盗難のあとは、盗まれた話は聞かなかったのに……」

「どこかに置いた覚えは？」

問いかけながら棚の下を覗き込んだり、アルフレッドの寝台の掛け布をめくってみたりするセルジュと共に、ファニーもまた自分の寝台の掛け布や敷布をはいでみる。

「起きて、顔を洗いに行く前に机の上に置いたんだ。それで戻ってきたらもうなくて……」

どくんどくんと嫌な感じに心臓が踊る。もう春も終わるというのに、手足が冷えてうまく動いてくれないような感覚さえもしてきた。

「あの窓は、いつ開けましたか？」

一通り探し終えたセルジュが、ふと窓に目を向けて眉《まゆ》をひそめた。

「朝起きてすぐ。空気の入れ替えをしたいから、部屋から出るまではいつも開けておくんだけど……。誰《だれ》を疑っているの？」

ふと脳裏に窓から出入りするのを常としている人物が浮かんだが、すぐに否定する。

「さすがのオレだってアークライト先輩を疑いたくはないです。でも、色々と挙動不審で行動が予測できないので。なにを考えているのかも、いまいちよくわからないですし」

「アルフレッド先輩がやるはずがない！」

拳《こぶし》を握りしめて、セルジュを睨みつける。

渋面を浮かべていたセルジュが、唐突に声を荒げたファニーに驚いたように小さく目を見開いた。

「断定したわけじゃないですよ。そう目くじらを立てないでください」

「誰が目くじらを立てているんだい？　朝食を誘いに来たんだけど……どうも、なにか問題でもあったのかな？」

ふいに窓の方から声がして、当の問題の人物がひょっこりと姿を現した。今日の爽やかな天気に合わせたのか、被っているトップハットには鮮やかな新緑の葉と小さな鳥の巣が飾られていた。そして肩には招喚したままのケルベロスを乗せている。

珍しく朝からの登場に、もしや招喚石を盗んだ犯人では、と一瞬でも疑ってしまった自分が嫌になった。

「わたしの招喚石がないんだ」

「招喚石？　君の？」

不審そうに部屋の中に下り立ったアルフレッドは、酷《ひど》い有様の机の上をざっと眺め、次いで机をどかして壁との間も見てくれたが、それでも見つからない。そしてぐるりと見回して、あれ、と声を上げた。

「僕の帽子の飾りもないな。ここに黄色い硝子がついていたはずだ」

窓に近い棚に置かれた、白と黒のチェック柄をしたボーラーハットを手に取ったアルフレッドは、白い木の枝で装飾されたつばの、一か所を指し示した。たしかに見た目にもなにかが抜けてしまっているような印象を受ける。

「それが本当なら変ですね。招喚石が目当てじゃないなら、もっと高価な宝石がついている帽子もありますし」

セルジュの言い分は最もだ。しばらく首をひねっていたアルフレッドがもう一度室内を見回し、ふいに床に落ちていた黒い羽を拾い上げた。

「これは……やっぱりそうだったのか……？　けど、なんだかな……」

数ある帽子の中のどれかから落ちたのか、黒い羽を指揮棒のように振りながら、ぶつぶつと呟《つぶや》くアルフレッドを不安そうに見つめる。

「それ、なにか関係あるの？」

「あるかもしれない。これは、カラスの羽だ」

「カラス？」

「ああ、僕の帽子の装飾には使ったことがない。これがここに落ちているってことは、カラスが持っていった可能性もある。ほら、やつらは光り物が好きだろう」

思いもかけないことに、ファニーは目を見開いた。

ほかの生徒もまさかカラスに盗まれたというのか。

「とりあえず、寮長とハルキには報告したほうがいい。僕はすこし出てくる。ああ、今日の指導生との合同授業までには戻るから」

心強い笑みと共に鳥の巣つきの帽子を渡され、アルフレッドはそのまま呼び止める間もなく窓から出て行ってしまった。

「窓から出入りするなんて……猿ですね」

セルジュの呆れた呟きに、ファニーははっと我に返って、とっさに受け取ってしまった帽子を寝台の上に放り出した。

「追いかけなくちゃ！」

大人《おとな》しく待っているなんてできない。気が急《せ》くままに窓辺に駆け寄ろうとして、焦ったセルジュに腕をつかまれた。

「待って、ファニー。あんなところから追いかけるのは無理ですから！」

「朝っぱらからなに騒いでんの？　早く朝飯に行こうぜ」

突然戸口から響いてきた快活な声に二人して振り返ると、寝癖でぼさぼさの髪をしたニコラがあくびを噛み殺しながら立っていた。

「わたしの招喚石が盗まれたんだ！　それで、アルフレッド先輩がカラスが持っていったんじゃないかって言って、どこかへ行ったんだ」

ニコラがみるみると険しい顔になる。両手でいきなり自分の頬をぱんぱんと叩いたニコラに驚愕《きょうがく》していると、すっとこちらを見据えてきた。

「——よし、目ぇ覚めた。アークライト先輩を追いかけようぜ」

「ありが——っ」

頼もしい言葉に礼を言いかけて、その間に割り込んできたセルジュに口をつぐんだ。

「駄目です。アルフレッド先輩は特別！　本当にカラスが招喚石を持っていったのなら、すぐに戻ってきます。あなたたちが勝手に動いて、なおさら大事になったらどうするんですか！」

いつも以上の剣幕に、息を呑《の》む。ニコラもセルジュの向こうで気まずそうに頭を掻《か》いていた。

「悪かったよ、セルジュ。そんなに怒んなよ」

「そう言うなら、初めから怒らせないでください。ファニーは？」

一度激昂《げっこう》したのですこしは怒りが収まったのか、落ち着いた様子でじろりと睨まれたファニーは意気消沈して肩を落とした。

「ごめん、ちょっと頭が混乱してた。いつも迷惑かけてほんとにごめん。こんなんじゃセルジュに嫌われても仕方がないな」

「別にこんなことくらいで嫌わないですよ。あなたが暴走したら殴ってでも止めてくれと旦那《だんな》様から頼まれていますし。――でも、あの猿は大嫌いです」

とうとうセルジュのなかでアルフレッドが人間ですらなくなってしまった。

嫌悪感を滲《にじ》ませたセルジュの肩を苦笑してかるく叩いたファニーは、ニコラとも連れだって、まだ自室にいるという寮長の元へと急いだ。

＊＊＊

実技室に波音にも似た水音が反響していた。

その中央に立ったアルフレッドは、いつもの奇抜な制服だったが、その表情は真剣そのもので、壁に沿うように並んでいた生徒たちは誰もがその挙動を食い入るように見つめている。

指導生と一年生との合同授業は、教師の指示で宣言通りに戻ってきたアルフレッドの招喚術から始まった。

渦を巻くように幻影の水が満たされたその中に、凛《りん》と佇《たたず》むのは水精霊の姿。教師が喚《よ》んだものよりもなおさら清廉《せいれん》で美しい水精霊は、いっそのこと神々しさを感じてしまうほどだった。

招喚対象が大人の姿で、美しければ美しいほどそれに比例して強い力を持つ。その結果招喚者の願いが叶《かな》う比率は高くなる。

アルフレッドが紅く輝く自分の招喚石を手にしたまま、優雅に一礼をすると、水精霊はそれに合わせるようにくるりと一回転をして、招喚陣が壊れるのと同時に消え去った。

ほう、と誰のものともしれぬため息が室内に落ちる。一拍置いたすぐ後に、どこからともなく拍手が送られた。

(まるで踊ってるみたいだ)

ファニーは夢見心地で手を叩いた。招喚石を盗まれて沈んでいたことさえ、一時忘れた。ただ、一度アルフレッドがケルベロスを招喚するのを見たことがあるが、そちらの方がもっと強引に目を奪うような鮮烈さを放っていた。あの時の高揚は今の招喚には感じられない。

「どうしてあんな猿が一級招喚士なんでしょうね」

「それ、本人の前では言わないでほしいんだけどな」

悔しげなセルジュを咎《とが》めると、彼は渋面を浮かべたまま鼻を鳴らした。

「猿呼ばわりしたくらいで、あの人が堪《こた》えるわけがないと思いますけどね」

不満げなセルジュがハルキに呼ばれて側を離れるのと入れ替わるように、アルフレッドが満面の笑みを浮かべてこちらに歩いてきた。その後ろでは、教師が各自練習をするようにと指示を口にしている。

「よく見ていたかい？　お手本にしてくれると、僕はとても嬉しいね」

「うん、すごく参考になった。それに、ちょっとだけ元気が出た」

授業でアルフレッドが手本として招喚術を披露したことはない、とハルキから聞いた。そんなささいな気遣いがなんとなく嬉しい。

「いや、なんだか、うん。君が元気になってくれたようで、よかった」

感謝を込めて見上げると、アルフレッドは珍しく頬を赤らめて照れくさそうに笑った。

(そんな表情もできるんだ)

その表情にこちらもなぜか照れてきてしまい、顔が熱くなった。

「ラ、ラングトン君」

ふいに名を呼ばれて振り返ると、いつも実技の授業の時に補佐に入っている修士課のエイベルが立っていた。

「き、君、招喚石がないんだろう。せ、先生がしばらくはこれを使うように、と……。だ、大丈夫、私がきちんと使えるように、か、確認はしてある。ただ、学院所有のものだから、た、大切に扱うように」

「はい、わかりました。ありがとうございます」

差し出されたのは、なんの加工もされていない青い招喚石だった。自分の盗まれてしまった招喚石よりも青みが強い。

（本当の持ち主は、どうして手放しちゃったんだろう）

招喚士にならないのならば、招喚石は必要ない。そのまま宝石として使う者もいるし、こうして予備の招喚石として売られる場合もある。なんとなくそれが悲しく思うのは自分だけの感傷なのだろうか。生まれた時から側にあるものは、手放しがたくはないだろうか。

「あ、あとアークライト君、あまり研究棟のまわりをうろつかないように。け、研究を盗みにきた、と思われる。ひ、酷い目にあってからじゃ、遅い」

立ち去りかけていたエイベル修士がふと思い出したようにアルフレッドをたしなめる。ファニーは予想外のことに目を見開いた。

（え？　研究棟？　って、オリエンテーションの日に忍び込んだ場所だよね？）

ふっと脳裏に浮かんだのは、迷宮のような建物内と、その一室に捕らわれたグリュプス。

襲われかけたあの恐怖を思い出して、身をぶるりと震わせる。

アルフレッドが授業開始時間のぎりぎりになってやってきて、すぐにお手本の招喚を指示されてしまったので、朝からどこへ行ったのか聞けなかったのだ。

（カラスの巣が研究棟の近くにあったのかな）

うかがうようにアルフレッドの横顔を見ながら、渡された招喚石を握る手に力を込める。

「──ああ、はい、そうですね。気を付けます」

側を離れるエイベル修士に愛想よく手を振るアルフレッドの袖《そで》を、そっと引く。

「アルフレッド先輩、研究棟の側に、カラスの巣でもあった？」

「うん、そうだね、あるには、あったけどね」

歯切れの悪い言葉に、ファニーは不安になった。じっとこちらを探るようになんともいえない表情で見ていたアルフレッドだったが、やがておもむろに口を開いた。

「カラスの巣の中には色々なものがあってね。宝石でできたカフス釦《ボタン》や、釘《くぎ》とか、僕の帽子の飾り硝子も。ただ、君の招喚石はなかったんだよ」

淡い期待を打ち砕くような言葉に、我知らずに肩を落とす。

（そうだよね。見つかってたら、渡してくれたと思うし……）

悲壮さが顔に出ていたのか、アルフレッドがわずかに迷ったように手を上げ、そのまぎこちなく頭をなでてくれた。

「でも、たしかに招喚石はあったみたいなんだ。ケルベロスが君によくするように、尻尾《しっぽ》を振っていたから。ほかの物はあるのに、招喚石だけがない。これがどういうことかわかるかい？」

試すような声音に、ファニーはわずかに目を伏せた。その流れでいくなら、簡単だ。

「誰かがカラスの巣からさらに招喚石だけを盗んでいる？」

「うん、僕はそう推測している」

「誰が、そんなこと……」

ファニーは愕然として、貸してもらった招喚石を握りしめた。

「とりあえず、今わかったのはそれだけだよ。一応、理事長には報告をしてきたから、あとは任せればいい。そんなに時間はかからずに、解決すると思うよ。だから、君は研究棟には近づかないこと」

釘を刺されて、不満げに眉をひそめる。

「見に行くくらいでも？」

「ファニー、招喚石が盗まれて不安になっているのはわかるけど、これ以上は首を突っ込まない方がいい。セルジュ君に怒られてしまうよ」

「でも――」

なおも言い募ろうとすると、アルフレッドは深々と嘆息した。

「君をすこしでも安心させようと思って、状況を話したけど、逆効果だったみたいだ。君は研究棟でグリュプスを見たんだろう。何があるかわからない。勝手に行動するようだったら、何かわかってももう何も教えないよ」

今朝のセルジュと同様に諭されてしまい、反論の言葉を失う。

「――わかった。近づかない」

ファニーが渋々と頷くと、アルフレッドは明らかにほっとしたように表情を緩めた。

「さあ、それがわかったら、練習あるのみ！　借りものの招喚石じゃ、よけいにうまくいかないかもしれないけど、コツくらいは教えられるよ」

明るく声を張り上げるアルフレッドに、不満の種を抱えつつも気を取り直すように借りた招喚石を握りしめる。

「招喚図を描く時に、迷いがあると駄目なんだ。間違えたらどうしようか、というね。だから、思い切り描くことを心がけるようにお勧めする」

アルフレッドの助言を受けつつ、頭に叩き込んだ水精霊の招喚図を思い浮かべ、虚空に招喚陣を指先で描く。

招喚石を放つと、光の線がそれまで見えなかった招喚図を描き出す。ここまではできるのだ。いつもこの先が、いかない。

「あ……」

招喚陣が震える。その中央から、親指ほどの頭を持つ、小さな水精霊が姿を現した。

今までいくらやってもうまくいかなかったのに。

「できたじゃないか、おめでとう。ああ、ちょっと呼ばれたから、そのまま練習を続けて」

褒めてくれたアルフレッドが、ふいに教師に呼ばれて離れてしまうと、ファニーは笑みを消した。

（まさか、昨日の『おまじない』が効いた？　でも、あれはわたしの招喚石にしてくれたやつで……）

ということは、自分自身の招喚石に問題があったのだろうか。

嬉しさよりも戸惑いで、ごくり、と喉《のど》を鳴らした時だった。すぐ背後で水音が響く。ふっと招喚陣と水精霊が消えた。

「わっ！」

次いでかるい衝撃とともに、頭の先からずぶ濡れになった。ぽたぽたと髪先から落ちる水滴に、なにが起こったのかいまいちよくわからない。

「そんなところに立っているからだ」

抑揚のない低い声にファニーは呆然《ぼうぜん》としたまま振り返った。神経質そうな顔つきの二年の男子生徒が腕を組んで立っていた。そのすぐ側では若干青ざめた顔の一年生が招喚石を握りしめている。たしか、アルフレッドを毛嫌いしている極端な主神崇拝者の生徒だ。

「他人が近くにいるのにすぐ側で招喚をさせるなんて、危ないだろ！」

「未熟な者が失敗をするのはよくあることだろう。こんなささいなことで憤慨するとは、アークライトの指導が行き届いていないのだな。やはり愚か者には荷が重かったようだ」

「わたしのことにアルフレッド先輩は関係ないだろ。愚か者だなんて、謝ってください！」

自分がけなされるのはかまわない。だが、アルフレッドを馬鹿《ばか》にされるのはどうしても我慢がならなかった。

「謝る？　誰にだ。お前か？　それともあの赤い目の化け物にか」

「アルフレッド先輩は化け物なんかじゃない」

「化け物だろう。赤い瞳の人間などどこにもいない。あれは災厄を呼ぶものだ。あんなのが人であるわけがない。アークライトは、人の形をしたおぞましい化け物だ」

蔑《さげす》みの目。厭《いと》わしい、汚らわしい。人格など無視し、存在そのものを否定する視線。これは自分に向けられたものじゃない。アルフレッドへの嫌悪の視線だ。

身が震える。恐れではない。この腹の底から湧き起こるのは怒りだ。

「邪魔だ、どけ。咎人《とがびと》が」

あまりの怒りに呆然と立ち尽くしたその肩をかるく押される。なおさら食ってかかろうとした時、頭上からなにかを被せられた。繊細なレースや刺繍《ししゅう》された布が見えて、それが誰の上着かすぐにわかった。

「咎人、咎人、と君は鸚鵡《おうむ》か。僕に敵《かな》わないからといって、下級生に八つ当たりをするなんて下等な証拠だな」

布越しに耳に届く、聞き慣れているはずのアルフレッドの穏やかな声は、冷やかだ。

「下等だと？」

「下等じゃなければ、下種《げす》か？　卑怯者《ひきょうもの》か？　ああ、気を悪くするな。僕は赤い目の化け物らしいからな。人の感情がわからなくて当然だろう？」

憤怒《ふんぬ》に唇を震わせたコルベールが、肩をいからせて身を翻《ひるがえ》す。それを見送るまでもなく、アルフレッドに背中を押された。

「着替えてくるんだ。水を被ったから、体の線が見えてる」

小声で諭され、そこで初めて自分の姿に気付いた。決して薄くはないはずの制服だったが、それでも水を吸ってそれなりに体に貼《は》りついている。いくらコルセットで胸を矯正していても、よく見れば同年代の少年たちとは違うのはわかってしまう。今の騒ぎに視線も集中していた。

（まずい、ばれる……！）

緊張に震える指先で掛けられたアルフレッドの上着を握りしめる。急いで歩き出しかけて、足がもつれた。さっとその目の前に差し出されたアルフレッドの腕が、やんわりと受け止めてくれる。

「っと……。先生！　足を挫《くじ》いたようなので、医務室に連れて行きます」

声を張り上げたアルフレッドに、軽々と荷物のように肩に担ぎあげられた。

「えっ、ちょっ、降ろしてくれ！　歩ける！」

抗議の声も虚《むな》しく、さっさと実技場から連れ出される。セルジュの強ばった顔が見えたが、追いかけてくる様子はなかった。

「君はもうすこし大人しくできないのかい。あんなふうに食ってかかるなんて、注目してくれと言っているようなものだよ。女性だとばれてもいいのかな」

部屋に連れ戻されるなり、アルフレッドの小言をもらった。

「だって、あれはアルフレッド先輩が馬鹿にされたから……」

部屋の中央の帳《とばり》を引き、着替えをしつつ言い訳を口にする。

「――気にすることはない。あのくらいの蔑みには慣れている」

帳越しに聞こえる淡々とした声音に、なんだか収まった怒りがふつりと湧いた。

「慣れたら駄目だ。ううん、慣れるわけがないよ、あんなひどい言葉……」

自分に対して言われたのではなくても、あれほど胸が痛むものはなかった。

「――君は、僕が怖くないのか？」

「え？　どこが？」

問われた意味がわからない。アルフレッドが怖いことなど、一度もなかった。

「この瞳の色が怖くないのか？」

「どこが怖いんだ？　綺麗《きれい》な色だと思うけど……」

「こんな血の色が？」

どこか小馬鹿にしたような笑声に、わずかに苛立った思いは続けられた言葉に霧散した。

「君が綺麗だって言うこの色が、冥府《めいふ》の王の瞳と同じ色だってわかっているかい？　生者の色じゃないんだ。冥府に引きずり込む化け物。死の遣い。見つめると呪い殺されるらしいよ」

「は？　そんな話は聞いたことがない」

たしかに珍しい色だとは思うが、いくら一級招喚士でも普通の人間にそんなことができるわけがない。できるとしたら、怪物のゴルゴンあたりだろう。

「だよね。でも、これを見た人は不安を覚えるみたいだよ。さっきのコルベールのように」

蔑むのは、怖いからだ。弱い犬がよく吠《ほ》えるのと同じ。

いたたまれなくなったファニーは、勢いよく帳を開けた。

「血の色のなにが悪いんだ？　人間や大抵の生き物みんなが持っている色じゃないか。わたしには生きている証《あかし》そのものに見える。それを怖がるなんて、馬鹿げてる」

寝台に座るアルフレッドに言い聞かせるように、その前に座り込んで見上げる。

「わたしは先輩の瞳の色が好きだ。血の色っていうよりも、綺麗な柘榴色の瞳だと思う。もしも呪われるのが本当だったら、わたしはきっともう生きていないと思うし」

初めて顔を合わせた時から、この双眸には魅入った。怖いとかそんな感情など一切なかった。

「それに瞳の色なんて、どうしようもないのに。変えられないものに難癖をつけられたって、困るだけだ。親だって選べない。蔑まれたら怒ったっておかしくないよ」

目を丸くしたまま半ば呆然とファニーの言葉を聞いていたアルフレッドが、ふいに片手で自分の額を押さえた。

「――そうなんだ。困るんだ、とても」

そのまま唇を歪《ゆが》めて、笑い出す。

いつも見ていた弾《はじ》けるような笑いではない。どこか安堵したような、静かな笑み。

まるで憑《つ》きものが落ちたかのような表情に、今度はこちらのほうが呆《ほう》ける。

「ファニー」

「なに？」

「僕は今、無性に君を抱きしめたい」

そう言うや否やアルフレッドが両腕を広げたので、ファニーは硬直した。

（えええ!?　ちょっと、待て。今の流れでどうしてそうなるんだ。わからない！）

アルフレッドの思考がよくわからないのはいつものことだが、いつも以上に理解ができない。

「嫌だったら、殴り飛ばせばいい」

遠慮がちに手に触れられて、ファニーが振り払えないでいると、かるく握り込まれた。懇願するかのような目が、まるで故郷で飼っていた愛犬がねだるさまを彷彿《ほうふつ》とさせる。

（その目は反則だ……）

アルフレッドの細身だが力強い腕が肩に回される。いつかと同じように頬にアルフレッドの黒髪が触れた。緊張に強ばったままの体では、嫌がっていると誤解をされるのが怖くて身じろぎひとつできなかった。

「ありがとう」

ため息のようなひそやかな声が耳に届く。どくどくと耳鳴りにも近いような心臓の鼓動が邪魔してよく聞こえなかったが、それでもお礼を言われたのだけはわかった。

抱きしめるというよりは、すがると言った方が近いその腕は、息苦しいが振り払えなかった。

「ああ、くそ……っ、爺《じい》さんの思惑通りになってるな」

耳元で悪態をつかれ、驚くと同時に、すこし前から感じていた疑問が頭をもたげる。裏山での会話を。見せかけた方が気楽だとか、頭は大丈夫かだのと言われた、あの言葉を。

「アルフレッド先輩は、その……、もしかしていつものあのおかしな態度は、そう見せかけてるだけなの？」

おずおずと切り出すと、肩をつかまれて身を離された。聞いてはいけないことを聞いたのかと蒼《あお》くなったが、アルフレッドのばつの悪そうな表情に口元が緩んだ。

「笑うな」

「笑っていないよ。でも、どうして？」

「色々とあるんだ。面倒なことが」

ふっと息を吐いたアルフレッドが肩から手を離す。アルフレッドの体温が遠ざかったことで、急にそれが寒いと感じた。それを意識した途端、ファニーみるみると赤くなった。

(いや、違うって！　もうちょっと抱きしめていてもよかったのに、とか思ってない！)

顔に集まる熱を逃がそうと、首を横に振ると、アルフレッドが怪訝《けげん》そうに眉を寄せた。

「僕に触られるのはそんなに嫌だったのか？」

「そんなことない！　アルフレッド先輩を嫌がるなんて、絶対ない」

「──そんなに赤い顔で嬉しいことを言うと、襲うぞ？」

「なんで襲うんだ？　殴り飛ばしてくれとか言っていたけど、わたしは殴っていないじゃないか。どうして先輩に殴られなくちゃならないんだ」

どことなく怪しく微笑《ほほえ》んでいたアルフレッドが微妙な顔でこちらを見つめてきた。

「……なるほど。君の両親やセルジュ君が過保護になるのが、なんとなくわかったな」

脱力したように笑ったアルフレッドにやんわりと頭をなでられて、ファニーはその優しげな手つきに言い返そうとした言葉を呑み込んで、代わりに笑みを浮かべた。

第四章　兄、来る

「アルフレッド先輩！　朝！　起きて！」

ファニーは困り果てたように、眠るアルフレッドの肩を揺さぶった。

開けた窓から入る朝の澄んだ風が、室内の淀《よど》んだ空気を追い出していく。

「……ん、起きる」

何度叫んでも曖昧な答えが返ってくるばかりで、閉ざされた瞳《ひとみ》はなかなか開かない。

化け物発言から数日。アルフレッドはなぜかその日から自室で休むようになった。ちゃんとした場所で眠ってくれることに胸をなでおろしたが、すこしだけ後悔したことがある。

（こんなに寝起きが悪いなんて、副寮長の苦労がわかる）

アルフレッドはとてつもなく寝汚かった。ファニーが来る前はハルキに叩《たた》き起こされ、自室に戻らずに理事長室で睡眠をとっていた時には祖父の招喚術で起こされて追い出されていたらしい。

「先輩！　起きろ！」

耳元に口を寄せて、大声を上げる。初めは躊躇《ちゅうちょ》していたが、もうそんなことは忘れた。

ようやくうっすらと目が開けられて、柘榴色《ざくろいろ》の瞳が姿を現す。ぼんやりとした視線と目が合った途端、ファニーは危機感を覚えて飛びのこうとした。

「……うるさい」

腕をつかまれて、抱え込まれる。アルフレッドの匂《にお》いと体温が間近で感じられて、あまりの羞恥《しゅうち》に身をよじった。

「ああもう、ちょっと、離せ！　先輩、起きてって！」

「もうすこし、寝てろ……」

ぱちぱちとその頬《ほお》を叩くも、それさえも押さえられて、再び目を閉ざしてしまう。

「――いい加減に本気で起きろ！」

かちんときたファニーは苛立《いらだ》ちに任せて、その顎《あご》に頭突きをお見舞いしてやった。


食堂の喧騒《けんそう》を耳にしながら、ファニーは机について深々とため息をついた。

「あの寝起き、どうにかならないかな……」

「副寮長に投げ飛ばしてもらえばいいんじゃないですか。それか、もう放置しておくか。どちらにしても、あなたが苦労する必要はありません。早く食べないと、時間がなくなりますよ」

傍らに座って食事を始めていたセルジュが、苦々しく唸《うな》る。アルフレッドはまだ食堂に姿を現していない。一応、目は開けてくれたが、怪しいものだ。

「でもさ……」

促されてスプーンを手にした時、隣の席にことりと盆が置かれた。

「ここ、いいか？」

「え、はい、どう……ぞ？」

驚きに、言葉が飛んだ。横に腰かけたのは、よく見知った艶《つや》やかな黒髪に柘榴色の瞳の自分の指導生。ただ、その制服だけは見慣れたものではなかった。

「いつもの制服はどうしたの？」

袖口《そでぐち》や裾《すそ》に縫い付けられていた刺繍《ししゅう》布やレースがどこにも見当たらない。その名残といえば、鍵《かぎ》だらけの臙脂《えんじ》のストラと、濃紺のピューリタンハットのみ。だがそれだけでとんでもない違和感だ。

「捨てた」

食堂の喧騒が、心なしか静かになっている。

「は？　え？　どうして」

「必要がなくなったんだ」

「帽子は？」

「これは趣味だ」

ここ数日、芝居がかった言葉もすっかりやめてしまったアルフレッドに、周囲の生徒たちや教師までもがあいつは頭がおかしくなったのか、と逆に戦々恐々としている。

そして自分もまた、どう接したらいいのか距離をつかみ兼ねている。

(注目されてるし！　地味になったのに目立つなんて、どうすればいいんだよ)

ファニーは未《いま》だに完全に目が覚めていないのか、億劫《おっくう》そうな動きのアルフレッドに唖然《あぜん》としながら、隣から突き刺さる、セルジュの非難めいた視線に愛想笑いを返した。


「しばらく昼食に誘いに来ないでほしいんだ」

朝のちょっとした騒動があったその日、いつものように昼食に誘いに来たアルフレッドに、ファニーは食堂に向かいつつ、そう頼んだ。ニコラとセルジュは授業で使った教材を片づけに行っていない。

「なんでだ。そんなのはつまらない」

「なぜって……。つまらないなら、副寮長と一緒に食べればいいじゃないか」

「ハルキには悪いけれども、僕は君がいい」

身を屈《かが》めるように耳元で言われ、見開いた視界に、廊下の端でおしゃべりに興じていた女子生徒の集団がこちらを凝視しているのが映る。

「そ、そんなに近づくな！」

ファニーは焦ってぐいと肩を押しやった。

「そこまで嫌がられるほど迷惑をかけた覚えはないけれども——」

アルフレッドは肩をすくめて、しばらく思案するかのように虚空を見やると、ちらりと周囲に視線を走らせた。そうして聞かれては都合が悪いだろうからと、しばらく行った先の空き教室へと誘われる。

しっかりと扉を閉めたアルフレッドはようやく口を開いた。

「なぜ急にそんなことを言いだしたんだ？」

「う……、だってさ、変に注目されるから……」

それだけではない。以前と違いすぎて、どう対応したらいいのかわからず、戸惑っているのだ。

「急によそよそしくなる方が、逆に注目されるとは思わないのか？　まあ、どうしてもと言うなら、僕は指導生から下りてもいい」

「指導生から下りるって……どうしてそこまで話が飛ぶの？」

「君は僕の部屋で生活をしているだろう。注目されるのが嫌なら、そこからだ」

思ってもみない方向に話が進んで、ファニーは戸惑ったように眉《まゆ》をひそめた。

「どうしてそんな簡単に」

言えるんだ、と口にしようとして、アルフレッドが一度も見せたことのない皮肉な笑みを浮かべるのに、怖気《おじけ》づいて唇を閉ざす。

「簡単なことだよ。たかが面倒な指導生を下りるだけのことじゃないか。それに僕を朝起こす苦労も減る」

「たかがって……起こすのは、それは、大変は大変だけど……でも」

とりつくしまもないアルフレッドの様子に、ファニーはわけがわかぬまま、しどろもどろに答えることしかできず、悔しげに唇を噛《か》んだ。

(なんでこんなことになったんだ？　わたしから昼食に誘わないでほしいとは言ったけど)

そんなにもアルフレッドを傷つけるようなことだっただろうか。

それとも、アルフレッドは色々と隠し事をしているようだから、今回のこの態度の急変としか思えないことも、なにか理由があるのだろうか。それは、自分に都合の良すぎる話だろうか。

なにが本当なのかよくわからなくなってきた。

「……わかった。指導生を続けるのも降りるのも、アルフレッド先輩の好きなようにしてほしい。どんな答えが出ても、わたしはそれで納得するから。ただ、秘密をばらさなければ、それで」

言っていて、なんだか悲しくなってくる。こちらを見据えてくるアルフレッドはなんの表情を浮かべておらず、完全に嫌われたのでは、と悪い考えに走ってしまう。

「でも、ちょっと寂しいかな……」

胸をぎゅっと締め付けられる。自然と目頭が熱くなってきて、そのまま教室を飛び出した。

後ろから追いかけてくる気配さえもしないのになおさら落胆しながら食堂に辿《たど》り着くと、そこで待っていたセルジュとニコラを見て、思わず泣きそうになった。

「おせーぞ、ステファン。先に行ってたのに、なんで後から来るんだ？　あれ、それにアークライト先輩は？」

「うん、途中で用事ができたって。さっ、早く食べよう！」

ニコラの問いかけに適当に答えて、なにか言いたそうな表情のセルジュから視線をそらし、先に立って食堂の中へと入った。


「なにか言いたいことがあるなら聞きますけど」

朝、教室に向かいながらセルジュがファニーにそう言ってきたのは、アルフレッドの態度の急変から数日が過ぎた頃だった。

あれからアルフレッドはファニーの前に姿を現さなくなった。だが、セルジュを通してハルキに聞いてみると、時折さぼるが、大抵は授業に出ているらしい。そしてアルフレッドの部屋から出て行けとも言われていないので、どうしたらいいのかわからずに、そのままだ。

「あなた、ここ何日かいつも以上に元気で、うるさいんです。落ち着いて勉強もできやしない。まあ、落ち込んで沈まれるよりはましですけどね」

「セルジュ……ありがとう」

胸を突かれて顔を歪《ゆが》めた。やはり幼い頃から一緒にいる彼には隠し事はできない。

ファニーは数日前のアルフレッドとのやりとりをぽつぽつと口にした。

「――せっかく、教えてもらった水精霊の招喚も小さいけどなんとかできるようになったのに、なんだか素直に喜べないんだ。お礼も言いたいのに。わたしはやっぱりそんなに傷つけるようなことを言ったのかな」

難しい顔をしてそれを聞いていたセルジュは、聞き終えるとしばらく無言でいたが、やがて考えつつも口を開いた。

「なんだか……それって、ファニーをわざと遠ざけているような気がします」

「え?」

思ってもみないことを言われて、まじまじとセルジュの横顔を見つめる。

「今まで見てきて思いますが、あの人は無闇《むやみ》に人を傷つけるようなことはしないと思います。まあ、いろいろと迷惑というか騒動は起こしますけど」

「それは、わたしもそう思う」

基本、アルフレッドはあまり人に関わりたがらない。

「なにかファニーを遠ざけておきたい出来事があったのかもしれませんよ。まあ、予想なんですけどね。でも、態度が急変したっていうなら、その可能性は高い」

セルジュのしかめ面を眺めながら、ファニーはなんとなくもやもやとした気分を打ち消すように、拳《こぶし》を握った。可能性でも、わけがわからないよりはずっといい。

「もしそれならそうだって言ってくれればいいのに」

「言えばあなたが暴走するとでも思ったんじゃないですか。頭に血が昇りやすいですし」

「それにしたって……え？」

いつの間にか教室の側《そば》まで来ていたファニーは、扉のすぐ側に立つ人物を見て、これ以上もないくらいに驚いた。

自分とよく似た金の髪を後ろに無造作になでつけた二十代前半の男だ。右目を縦に横断するように走った傷が男の野性味溢《あふ》れる雰囲気をなおさら色濃くしている。その襟元には、二級招喚士の証《あかし》の三枚のオークリーフがついた金の枝のブローチが留められている。脇《わき》を通る生徒たちや教室の中に入る生徒たちが、その威圧感たっぷりの様子にぎょっとしていた。

「兄上！」

どうしてこんなところにいるのだろう。派遣協会招喚士の兄は、腕がいいだけに忙しいのだ。

ファニーは久しぶりに会えた兄の姿に喜色を浮かべて走り寄ろうとしてはっと我に返り、同じく驚いている様子のセルジュの後ろに隠れた。大して背丈の変わらないセルジュの後ろから顔だけそっと出してみると、兄は片眉を上げてこちらを睨《にら》みつけていた。

「隠れるってことは、自分がなにをやらかしたのかわかってんだろうな。ファニー」

「わ、わかってる！　でも帰らないから！」

「勝手に招喚士学院の試験を受けやがって。依頼がようやく終わって、久しぶりに家に帰ったらお前はいないし、父上は生気をなくしてるしよ。先生には次の授業は欠席する許可を貰《もら》ってあるから、ちょっと話を聞かせろ」

ファニーが肩を落として渋々とついて行こうとすると、兄は一緒に行こうとしたセルジュを手を前に出して押しとどめた。

「ああ、セルジュはこなくていい」

「ですが、ガイ様、オレは……」

「お前に今必要なのはファニーのお守りじゃなくて、勉強だ」

表情を強ばらせてぐっと押し黙ったセルジュを置いて、兄はさっさと歩き出してしまった。

「セルジュ、心配しなくても大丈夫だよ。連れ戻されないように頑張るから」

「兄君にはいつだって言い負かされるくせに？」

「う……、でも今日《きょう》は勝つ！」

「――それじゃ、頑張ってください」

微笑《ほほえ》んだセルジュに背中を叩《たた》かれて、ファニーは勇気を貰ったかのように背筋を思い切り伸ばした。

寮のお前の部屋で話をしよう、と言うので、ファニーが間借りしているアルフレッドの部屋に連れて行くと、案の定、兄は大量の帽子を見て唖然とした顔をした。しばらく物珍しげにアルフレッドの帽子の山を見回していたが、やがてファニーがすすめた椅子《いす》に勢いよく座った。

ファニーも自分の寝台に腰をかける。

「学院に入学したこと自体は、ここまできたらもう俺《おれ》は反対しない。本当だったら、様子を見に来て大丈夫そうならそのまま帰るつもりでいたんだよ。けどな」

ガイはちらりとアルフレッドの寝台を見やって、すぐにこちらに厳しい視線を向けてきた。

「授業が終わるまでお前の部屋で待たせてもらおうと思って、受付で聞きゃ、アルフレッド・アークライトとかいう男と同室だっていうじゃねえか。指導生制度なんて、俺も父上も聞いてねえぞ。俺が通っていた時にはなかったからな。ったく、セルジュの奴《やつ》も知らせねえし」

「セルジュには、わたしが父上に知らせないでほしいって頼んだんだ。セルジュの責任じゃない。それに、アルフレッド先輩は暴力的な人じゃないし、危なくないよ」

慌てて言い募ったが、ガイはそんなファニーをますますきつく睨みつけてきた。

「セルジュがお前に甘いのはわかっているだろう。あいつもお前の側に居て当然だ、とかいう態度だしな。まあ、もう過ぎたことはどうでもいい。お前、その同室の奴にばれてねえだろうな」

ぎくりと身をすくませる。動揺したのを悟られまいとして、無理に笑みを浮かべた。

「ばれてないよ。大丈──」

「顔が引きつってんぞ」

「──っ！」

「やっぱりばれているんだな。お前、嘘《うそ》をつくのに向いていねえんだよ」

「でも、ばれても、無事──」

兄に据わった目で睨まれて、ファニーは気まずげに押し黙った。

「そりゃ、神の加護を失ったわけじゃねえんだから、女だってばれても、無事だろうよ。男として育てたのは、加護の補強のためだ。すぐに死ぬわけじゃねえ」

兄は大きく嘆息すると、片手で頬杖《ほおづえ》をついた。

「それでも、絶対に安心だとは言い切れねえんだよ。父上と女だってばれたら退学するって約束もしたんだろう。それに招喚石も盗まれたんだってな。だから大事になる前に帰るぞ」

「嫌だ。帰らない」

首を横に振って拒否する。

「ここに来てわたしは色んなことを知ったんだ。毎日、新しいことを知っていくのはすごく楽しいし、嬉《うれ》しい。初めて友達だってできた。それは嫌なことだってあるし、失敗だってたくさんするけど、わたしはここにいたいんだ。なにより、家にいる時よりわたしは『考え』ている気がする」

いや、考えたいのだ。これからの目標を。招喚士になったとして、それでその後をどうしたいのかを。考える余地がほしい。

（それにアルフレッド先輩に、わたしを遠ざけたい理由があったのか確かめたいし、水精霊の招喚だって、小さいけど、できるようになったし……）

兄はこちらの言い分を黙って聞いていたが、やがて片手を額に差し込んで、顔を半分覆った。

「ファニー、お前の言いたいことはよくわかる。けどな、すこしは俺や父上、母上の心配もわかってくれ。命が危険な状態になっているんだぞ」

「でも、先輩に女だってばれてしまった後に具合が悪くなったことなんか一度もないんだ。だから、大丈夫だよ」

ファニーはまっすぐに兄を見据えた。

「お前が大丈夫だって言っても、こっちは気が気じゃねえんだよ」

兄はすっと立ち上がると、そのまま扉の方へ向かった。

「お前が帰らないって言っても、俺はお前を連れて帰る。そのアルフレッドとかいう奴もどこまで信用できるかわからねえしな。男と同室なんてなにかあったら、婚約者のキーツ博士に顔が向けられねえ」

「アルフレッド先輩は信用できる！」

有無を言わせず言い放ち、部屋を出かける兄を憤然と追いかけようとしたファニーは、鼻先で扉を閉められて、危うくぶつかりかけた。

「ちょっ、危ないじゃないか！」

取っ手に手を掛けて開けようとしたが、兄に扉を押さえられてしまったのか、ガチャガチャと音がするだけで、開かない。

必死で開けようとしていたファニーの耳に、ガイが誰かと話す声が聞こえた。その後、わずかな間を置いて、取っ手が全く動かなくなった。取っ手の役割など忘れてしまったかのように、微動だにしない。

閉じ込められた、と気付いて激しく扉を叩く。

「なんで閉じ込められなくちゃならないんだよ！」

「お前の聞き分けがないからだ。理事長と退学の話をしてくるから、荷物でもまとめてろ」

「兄上！」

こちらの呼びかけにも聞く耳を持たずに、兄の足音が遠ざかっていく。

鍵は持っているが、びくともしない扉や取っ手に、兄が招喚術を使ったのだろうと推測して、蒼白《そうはく》になった。

（鋼の神の招喚は兄上は得意だけど……。わたしを閉じ込めるためだけに神に頼むなんて、どうかしてるって！）

おそらく蝶番《ちょうつがい》も取っ手も動かないように頼んだのだろう。よくそんな願いを気難しいと言われている鋼の神が聞いてくれたものだ。

諦《あきら》めかけたファニーだったが、すぐに気持ちを奮い立たせた。

(このまま黙っていたら、本当に退学させられる。帰ったら、花嫁衣装が用意されているかもしれない！)

顔も知らない婚約者に触れられるのを想像しただけで、嫌悪感に鳥肌が立った。

粟立《あわだ》った腕を片手でさすり、どうしようかと辺りを見回して、ふとじっと窓を見つめる。

アルフレッドがいつも出入りする窓を。

「……よし！」

アルフレッドにできるのだから、頑張ればなんとか屋上まで上がれるはず。

ファニーは決意を固めて、窓辺へと足を向けた。


——時間はすこし遡《さかのぼ》って。

ファニーとガイに取り残されてしまったセルジュは、しかしガイに言われた通り教室に入ることはせずにすぐさま踵《きびす》を返した。

目指したのは二年の教室棟。途中で予鈴が鳴ったが、そんなことにかまってはいられなかった。ファニーが連れ戻されてしまうのを、指をくわえて見ていたくはない。彼女が悲しい顔をするのを見たくないのだ。

ラングトン家に、両親を失い孤児となった自分を引き取ってもらった恩がある分、そのラングトン家の長子であるガイには自分からこれ以上はなにも言えない。

(悔しい……。アークライト先輩に頼むしかないなんて)

アルフレッドがファニーに言ったことをそのまま鵜呑《うの》みにはしない。本当に嫌になったのなら、彼はもっとうまく距離を取る方法を考えるはずだ。だから、きっと動いてくれるはず。

「アークライト先輩!」

アルフレッドのいるクラスの扉を開けたセルジュは、頬杖をついてつまらなさそうに窓の外を見やっていた彼を見つけて、つかつかと歩み寄った。何事かと教室内の視線が集まったが、すべて無視した。

「びっくりした……。珍しいね。君ひとりかい? ああ、もしかしてファニーに言ったことを怒りにきたのかな」

驚いたように片眉を上げたアルフレッドだったが、すぐに表情を悪びれない笑みに変えた。

その腕をつかんで引く。

「そのことはあとで嫌っていうほど抗議させてもらいます。ちょっと来てくれませんか。ファニーが――」

――兄君に連れ戻されます。

アルフレッドにだけ聞こえるように声量を極力落として、そう告げる。

彼ははわずかに眉をひそめ、しかしセルジュの言わんとしていることを察してくれたのか、すぐになにも言わずに立ち上がってくれた。

やはり、ファニーに面倒な指導生など言ったことは嘘だったのだと、苦々しい思いがこみ上げる。

「アルフレッド、どこへ行くんだ。もう授業が始まる。セルジュ・バリエ、君も教室に戻るんだ」

そのまま出て行こうとすると、後ろから追いかけてきたハルキが悪霊さながらの表情で前に回り込み、行く手を阻んだ。

「行かせてくれ、ハルキ。戻ってきたらいくらでも説教を聞く。だから頼むから今は行かせてほしい」

「――それは授業よりも大切なことなのか？」

「ああ、そうだ。とても」

ハルキは苦悩の表情を浮かべたが、ちら、と教室の中に目を向けて嘆息した。

「わかった、行け。先生には腹痛でのたうちまわっている、とでも伝えておく」

「さすが我が親友ハルキだ。君の寛大な処置に感謝するよ。そうだ、今度君に似合う帽子を贈ろう！」

「いや、いらん。いいから、さっさと行け」

はっきりと切って捨てたハルキに見送られ、セルジュはアルフレッドと共に寮へと急いだ。

「ファニーの兄というと、ガイ・ラングトンか？」

「よく知っていますね」

「学院に入学する前によく噂《うわさ》を耳にしていた。鋼の神の申し子ガイ・ラングトン、とか言われていたな」

「それ、本人の前で言うと、張り倒されますよ」

セルジュは小さく笑った。ガイがその二つ名を死ぬほど恥ずかしがっているということは、ラングトン家や故郷のフィーズベルトでは暗黙の了解だ。呼んだら最後、前後不覚になるまで説教地獄が待っている。

「へえ、それは楽しい人だな」

なぜか面白そうに声を上げたアルフレッドに、セルジュは一瞬だが、自分の判断を誤ったかもしれない、と不安になった。

二年の教室を抜け、校庭の端を走り、周辺を木々に囲まれた寮の建物が見えてくる。

寮の入り口近くまでやってきた時だった。

「……セルジュ君、僕は疲れているのか？」

「アークライト先輩、オレも同じ質問をしたいです」

頭痛を覚えながら頭上を見上げる。アルフレッドの部屋がある三階の窓の上の枠部分に、バッタのようにへばりついている白い塊があった。

(そうだった、あのファニーが大人《おとな》しくしているわけがない！)

どこへ行ったのか知らないが、おそらくガイはあの部屋にはいないのだろう。いたら、あんな馬鹿な真似《まね》はさせないはずだ。

「──ファ……ぶっ」

白い塊──なぜか部屋から抜け出そうとして立ち往生をしているファニーに声をかけようとして、アルフレッドに手で口を塞《ふさ》がれる。

「驚かせたら、危ない。中から行こう」

いつもと違う真摯《しんし》な表情をしたアルフレッドが寮の中に入っていくのを、セルジュは慌てて追いかけた。

「こ、こんなに大変だとは思わなかった……」

窓から抜け出したファニーは、ようやく窓の上部分の枠によじ登って、激しく後悔していた。上に向けての足場などあってないようなものだった。ほんのすこし煉瓦《れんが》の突起が出ているくらいだ。セルジュがアルフレッドを猿と評するのも頷《うなず》けてしまう。

（尊敬しちゃいけないと思うけど、アルフレッド先輩ってやっぱり、なんか色々とすごい……）

そんなことを考えながら、現実逃避をしていたが、いよいよ腕が震えてきた。戻ろうにも、どうやって戻ったらいいのかわからない。

婚約者に会いに研究棟へ忍び込んだ時に身に染みたはずなのに、後先考えない性格は簡単には直らなかったらしい。もう後悔しても遅いのだろうが。

頼みの綱は戻ってくるはずの兄だけだ。理事長との話が早く終わってくれるのを祈らなければならないなんて、間が抜けている。

歯を食いしばって、捕まっていた手の位置をわずかに変えた次の瞬間、どん、と壁が揺れた。

「――っ!?」

とっさに手に力を込める。もう一度、どん、と衝撃がきた。

アルフレッドの部屋の中で、なにかが起こっているのはわかったが、それだけだ。落ちないように必死にしがみつく。

「ファニー」

ふいに足元から聞きなれた柔らかな声が聞こえてきた。

（どうして、アルフレッド先輩がここにいるんだ……？　授業中のはずなのに）

窓から身を乗り出してこちらを見上げるアルフレッドの姿を確認して、ひどく後ろめたい思いと、歓喜が入り混じって、どう反応したらいいのかわからない。

「アルフレッド、先輩」

からからに渇いた喉《のど》から出した声は、情けないほどかすれていた。その様子にアルフレッドが眉を下げる。すぐ側で、ケルベロスが心配そうに鼻を鳴らしていた。

「手を離すんだ。必ず受け止める」

窓枠に座ったアルフレッドは、片手で窓枠を握ったまま、もう片方の腕を広げた。

ごくり、と喉を鳴らす。アルフレッドを信用していないわけではないが、万が一落ちれば、大怪我《おおけが》どころでは済まない。怖い。

「駄目だ。アルフレッド先輩も、巻き込む」

自分が怖いというよりも、自分の考えのなさでアルフレッドにもしものことがあったら、ということの方が怖かった。

「いいから、僕を信じて手を離すんだ。僕は君のことを気にいっているんだ。君を失ったら、明日《あす》がくるのがとてつもなくつまらなくなる。僕の楽しみを奪うな」

その言葉を信じていいものか迷い、唇を引き結ぶ。だが、必ず受け止めるという言葉は信じたい。

決意を固めて、一度目を閉じ、そしてゆっくりと開く。手を離そうとしたその刹那《せつな》、足元ががくりと外れた。

「あっ……！」

意図せずに体が傾ぐ。落ちていく体をアルフレッドの腕がしっかりと抱きとめたが、その衝撃で彼の体ごと窓から滑り落ちた。

「ファニー！　アークライト先輩！」

「――っケルベロス！」

――わんっ、きゃんっ、ばうっ。

なぜか聞こえてきたセルジュの声と、アルフレッドの叫び、そして三重の犬の声。

風が巻き起こる。落下しかけた体が急激にぐん、と浮上した。ぐるりと視界が回り、どちらが天地なのかわからなくなる。あまりの気持ち悪さにきつく目をつぶった。

しばらくたって、浮遊感がなくなると、ファニーはおそるおそる目を開けた。初めに見えたのはアルフレッドの蒼白になった顔。そしてほっとしたように細められた柘榴色の双眸。

「……冥府の門をくぐるには、まだ早い」

きつく抱きしめるアルフレッドの腕に、なおさら力がこもる。座り込んだその下にしっかり

とした地面を感じて、どうにか傷一つなく地上に下りられたのだということを悟った。

どうやって助かったのだろうと辺りを見回すと、アルフレッドの肩越しに巨大な怪物がいるのが見えて、目を見張った。

三つ頭の見上げるほど大きな灰色の犬だ。人間などばりばりと食いちぎってしまいそうな鋭い歯が備わっていたが、行儀よく足を揃《そろ》えて座るさまは、小さな毛玉のようなあの子犬の姿を彷彿《ほうふつ》とさせる。ただ、褒めて、褒めて、とでもいうように音がしそうな勢いで振られている尻《しっ》尾《ぽ》は、ふさふさとしたあの子犬のものではなく、どう見ても巨大な蛇の尻尾にしか見えない。

「――ケルベロス？」

ぽつりと呟《つぶや》くと、巨大な三つ頭の犬は、頭が割れそうな大声を上げて、真ん中の頭がべろりとファニーの顔を舐《な》めた。

勢いに押されて、抱きしめられていたアルフレッドごと転がる。

「う、わっ、ケルベロス、戻れ！」

アルフレッドの声に反応したケルベロスは一声遠吠《とおぼ》えをすると、くるりと一回転をしていつもの両手のひらに収まるほどの大きさの子犬へと変わった。

それでもしばしばと綿毛のような尻尾を振って、転がったファニーの顔を舐めてくる。

「うん、わかった。わかったよ、ケルベロスが助けてくれたんだよね、ありがとう」

まとわりついてくる灰色の毛玉と化したケルベロスを抱き上げて、起き上がる。そうしてあおむけに転がったままのアルフレッドを見下ろした。

「――アルフレッド先輩も、ありがとう」

自分勝手にあんなことをしたのに、アルフレッドは助けてくれたのだ。やはり嫌われたのではないと思いたい。

「ああ」

短い返答。ただ、気まずいような照れくさそうな表情が、ちゃんとファニーの言葉を受け取ってくれたのだと感じられる。

そこへ寮の出入り口からセルジュが走り出てきた。その後ろには寮の管理人の姿もある。

「ファニー、どうしてあんなことになったんですか！　ガイ様は？」

「そうだ！　兄上！」

青ざめた顔のセルジュの言葉を受けて、ようやくなにをしようとしていたのか思い出したファニーはアルフレッドにケルベロスを押し付けて、駆け出そうとした。

「ちょっと待て、ファニー。ちゃんと説明をしてくれ」

「兄上が退学の話を理事長としてくるって、理事長室に行ったんだ。連れ戻されたら、きっと結婚するまで外に出してもらえない！」

簡潔に言った途端、アルフレッドが素早く立ち上がった。その頭にケルベロスが駆けあがる。

「セルジュ、僕の部屋のあの惨状の説明は任せてもいいか？」

「いいですよ。その代わり、ちゃんとガイ様を説得してください」

「言われるまでもないな」

不機嫌そうに鼻を鳴らしたセルジュを残し、アルフレッドに促されるままに、理事長室へ向けて走り出す。

「部屋の惨状の説明って？」

なんとなく嫌な予感がして、駆けながらアルフレッドの背中に問いかける。

「扉が普通のやりかたじゃ開かなかったから、ケルベロスに頼んで突いて壁に穴を開けてもらったんだ」

「…………」

ファニーは思わず遠くを見やった。

壁に張り付いていた時に感じたあの揺れは、どん、どん、だった。おそらく先ほど見た巨大なケルベロスがやったのだろう。部屋の惨状を想像すると恐ろしい。

（うわぁあっ、すみません、ごめんなさい……っ。わたしのせいなんです！）

自分たちと入れ替わるように寮へと向かっていく数人の教師に、心のなかで必死に謝る。

理事長室がある時計塔の中に入ると、螺旋状《らせんじょう》の階段が上層階へと伸びていた。

「これを登るんだ……」

あまりの高さに、眩暈《めまい》がする。壁に張り付いていたので、体力がかなり削られているのだ。

「ファニー、こっちだ」

アルフレッドの呼ぶ声にそちらを見ると、馬よりもすこし小さいくらいの大きさになったケルベロスが勇ましく立っていた。尻尾は人の腕ほどの蛇の尻尾だ。あのふわふわとした綿毛のような尻尾は子犬の姿の時限定らしい。そこにアルフレッドがまたがって手を差し伸べている。

「乗るの？　乗馬はできないんだけど……」

「大丈夫だ、落とさない」

安定感がなさそうなのと、なんとなくケルベロスが可哀想《かわいそう》な気がしてためらっていると、ケルベロスの左の頭が早く乗れ、というようにしきりにファニーの制服の袖をくわえて引っ張ってきた。促され、おそるおそるアルフレッドの前に向い合わせに乗ると、アルフレッドはぎょっとしたように目を丸くした。

「どうして僕の方を向いて座るんだ」

「え？　だって兄上とか父上は馬に乗せてくれる時にこうしてくれたから……」

なにか間違えただろうか。わずかに目を泳がせたアルフレッドだったが、すぐに思いなおしたように頷いた。

「もうそれでいい。しっかりつかまっていてくれ」

素直にアルフレッドの背中に腕を回してしがみつくと、彼はわずかに身を強ばらせたようだったが、すぐにケルベロスを走らせた。

（どうしてこんなに必死にわたしを助けてくれるんだろう）

嫌っていたり、どうでもいい相手には、おそらくアルフレッドは愛想は良くしてもここまではやらないだろう。

「ファニー、もうすこし強くつかまってくれ。大きく揺れる」

「え？」

ぱちりと目を瞬《まばた》く。ふわりと浮遊する感覚に慌ててしがみつく手に力をこめた。何気なく首をめぐらしたファニーは、前方を塞ぐ胡桃色《くるみいろ》の厚そうな扉に、アルフレッドがケルベロスごと突っ込んでいこうとするのをようやく知った。とっさに目をつぶる。

（ひぃいいっ……っ。頭がおかしいって！）

扉が破壊される音が耳に飛び込んでくる。こまかな木片が体や顔に当たったが、それほど痛くはなかった。ただ、ばくばくと心臓がとてつもなく早く脈打っている。

「よし、成功したな」

「成功じゃないから。なんで扉を破壊する必要があるんだよ！」

小さくなったケルベロスを肩に乗せたアルフレッドの胸倉をつかんで、がくがくと揺さぶる。

「……ファニー、そのふざけた男は誰だ？」

ふいに背後から底冷えのするような低い声をかけられ、ファニーは大きく肩を揺らして振り返った。

招喚石を持って身構えるガイの姿と、驚くどころか面白そうな表情を浮かべる理事長の姿を見つけて青くなる。

「えっと、指導生のアルフレッド先輩……。でも、これは違うんだ！」

焦って意味の通らないことを口走ってしまい、片眉を上げた兄に首を横に振った。

「兄上、やっぱりわたしは退学なんかしたくない。兄上や父上や母上にすごく心配をさせているのはわかっている。でも、わたしにできることがあるなら、自分でどうにかしたい。――お願い、します。このままウィンダリア招喚士学院で、勉強させてください」

背筋を伸ばして、深く頭を下げる。その傍らで、アルフレッドも頭を下げる気配がした。

「僕からもお願いします。ファニーの秘密は絶対に誰にも言わないと、誓います。この、アスフォデルの――花に誓って」

一切の冗談の交じらない、真面目で確固とした自信がある声。

ファニーは滲《にじ》みかけた涙をこらえるように唇を引き結んだ。

自分の称号に誓うのは、招喚士にとっては命にも等しい特別な誓いだ。おいそれと口にするようなものではない。

沈黙が落ちた。二人揃って頭を下げるその足元で、アルフレッドの肩から降りたケルベロスが行儀よく座って、同じように頭を下げているのを見て、場違いながら和みかける。

返答をしない兄に焦《じ》れたが、それでも身動きしないで待っていると、ふいに拍手の音が耳を打った。

「ふふふ、アルフレッドに一緒に頭を下げさせるとは、見事馬鹿孫を手なずけたな、ステファン・ラングトン。まあ、顔を上げなさい」

緊張しつつも理事長の声に顔を上げ、馬鹿孫呼ばわりされたアルフレッドをちらりと見やると、彼は今までに見たことがないような渋い表情を浮かべていた。

「ステファンは帰りたくない、ガイは連れて帰りたい。ならばひとつ提案をしようではないか」

理事長は好々爺《こうこうや》然とした笑みを浮かべると、樫材《かしざい》の執務机から、どこかで見た覚えのある黄金の羽を取り上げた。はっとアルフレッドが息を呑む。

「招喚石の盗難事件を調査しているアルフレッドを手伝って、おぬしの盗まれた石を取り戻し、昇級試験でアエトス様と、課題の水精霊を招喚できたら残留。できなかったら、退学。ということでどうだろうか」

思わぬ事実に、ファニーは理事長の穏やかにしか見えない笑顔を目を丸くして見つめた。

(招喚石の盗難事件の調査？　アルフレッド先輩はそんなことをしていたんだ)

それはさておいても、招喚石を盗まれ、ようやく小さな水精霊を招喚できるようになったばかりの自分には、かなり厳しい条件だ。

だが、それくらいでなければ、到底兄や両親を説得することなどできないだろう。

「やります！」

「駄目だ！」

アルフレッドとファニーの声が被《かぶ》った。驚いてそちらを見たファニーを後目《しりめ》に、アルフレッドがつかつかと理事長に歩み寄った。

「なにを言ってるんだ、爺《じい》さん。あれにはグリュプスが関わってる。ファニーを手伝わせるだなんて、そんな命の保証ができないかもしれないのに、無責任なことを言うな！」

アルフレッドが、ばん、と手のひらで執務机を叩いて、祖父を睨みつけた。

アルフレッドの怒りにさらされても、理事長は恐れもせずに手にしていた黄金の羽――グリュプスの羽だと思い出した――で孫の鼻先をくすぐった。

「手伝わせ方にもよるだろう、馬鹿孫。ステファンは一度グリュプスと遭遇している。そこから解決策を見出したのに、巻き込みたくないと逆に遠ざけたのではないか？　これはおぬしに聞いているのではない。ステファンとガイに選択をせまっているのだ」

アルフレッドが苦い顔をして、鼻先をくすぐる羽を奪い取る。

「あの、すみません。やっぱり招喚石の盗難事件とグリュプスの拘束の件は、つながっているんですか？　どうしてそれをアルフレッド先輩が調査をしているんですか？」

ファニーが問いかけてもアルフレッドはこちらを見てはくれなかった。不機嫌な様子に気まずく思っていると、代わりに理事長が大きく頷いた。

「そうだ。つながっている。協会招喚士に調査依頼をするつもりだったが、アルフレッドが自分から調査をしたいと言ってきたのでな。任せたのだ」

理事長は咳払《せきばら》いをして、アルフレッドから再びグリュプスの羽を取り返し、ファニーの前で振って見せた。同時に、机の上からアエトスの招喚図が描かれた紙を持ち上げる。

「さて、アルフレッドの言うように、危険なこともあるかもしれん。これを踏まえた上で、おぬしは手伝いをするかね？」

皺《しわ》に埋もれそうな双眸《そうぼう》は、それでも眼力を失ってはおらず、ファニーの目を射るように見据えてくる。負けじと理事長の目を見返す。

「やります。やらせてください」

「ガイ、おぬしはどうだ？」

眉間《みけん》に皺を寄せ、腕を組んでいたガイは、理事長、アルフレッド、ファニー、と視線を移していき、最後にまた理事長と向き合った。

「駄目だと言ってもこの調子じゃ、聞かなさそうだ。――俺が立ち会いをしてもいいのなら、その条件を呑みます。本当に危なくなるまでは、手を出しません。まあ、俺が手出しをするまでもなく、そこのお孫さんが解決するでしょうが」

皮肉とも苦笑ともつかない笑みを浮かべた兄が、眉根《まゆね》を寄せるアルフレッドを顎でしゃくって示す。

「その赤い目で、アルフレッド・アークライトの名前を思い出したぞ。お前、最年少で一級招喚士に受かった奴だな。二年くらい前まで、手当たり次第に招喚士協会にくる依頼をこなしている噂を聞いていたが、まさかこんなところに潜んでいたとはな。ん？　ってことはお前いまいくつだ？」

「十八です。一級招喚士になったのは十五」

触れられたくない話題なのか、そっけなく答えたアルフレッドは、足元に寄ってきたケルベロスを肩に乗せて、ファニーの方へと歩み寄ってきた。

「君は素直だけど、同時に頑固だ。君がそう決めたのなら、もう僕はなにも言わない。でもな、どんなことがあっても、ちゃんと僕の指示を聞くか？　そうじゃなければ、いくら祖父やガイ殿が許しても手伝わせない」

アルフレッドの最後の確認に、ファニーはじっとその目を見つめた。心配なのだとその双眸が明らかに物語っていたが、それでもしっかりと頷いた。

「うん、ちゃんとアルフレッド先輩の指示に従うし、自分から危ない真似はしない。だから、手伝わせてほしい」

再度、頭を下げる。アルフレッドひとりなら簡単にこなせるようなことも、おそらく自分を抱えた状態ではできることも限られてくる。迷惑をかけているのはわかっていたが、それでもこれが兄や両親を説得する最後の機会のひとつなのだ。あとひとつ、主神の招喚ともう一体の招喚は、自分の努力次第だ。

アルフレッドはしばらく無言でいたが、やがてひとつ嘆息をしたかと思うと、ファニーの頭にぽん、となにかを乗せた。もぞりと動く感触に、慌てて頭に手をやり引きずりおろす。

ケルベロスの三対の瞳がこちらを嬉しそうに見上げていた。

「わかった。手伝ってもらう。その代わり、ケルベロスを片時も離さないでくれ」

「――っ、ありがとう！」

根負けしたというようなアルフレッドに、ケルベロスを腕に抱いて満面の笑みを向ける。まだこれから解決しなければならないことは山積みだったが、それでも嬉しかった。

「……ったく、仕方がねえ奴だな。――ああ、そういえばひとつ聞いてもいいか？」

渋い顔をしたガイが、首の後ろに手をやりながら、長々とため息をつき、アルフレッドに鋭い目を向けた。

「アルフレッド・アークライト、お前のあの噂は本当か？」

「アルフレッド先輩の噂……？」

どことなく不穏な空気を感じて、ファニーは心もとなげにアルフレッドを見上げた。その彼の柘榴色の双眸は、自分を見てはいなかった。まったくの無表情。感情が抜け落ちたその顔は、まるでつくりものめいていて、ぞくりと悪寒が走る。

ガイがそんなアルフレッドを睨み据えたまま、静かに言葉を続けた。

「――『アルフレッド・アークライトは姿なきものの姿を、招喚せずとも目にすることができる、神をも殺《あや》める【咎人《とがびと》】だ』と」

＊＊＊

研究棟の入口に立ったファニーは三階建てのその建物を見上げて、ごくりと喉を鳴らした。

校舎や寮と同じ煉瓦造りの三階建ての建物だが、その中はまさに迷宮だったのは、よく覚えている。いや、忘れるはずがない。

脳裏をよぎったのは、グリュプスの刃物にも似た鋭い鉤爪《かぎつめ》と、憎悪に満ちた瞳。

躊躇するファニーの頬を、肩に乗せたケルベロスが励ますようにぺろりと舐めてくれて、強ばった体からほっと力が抜けた。

「行こう。途中まで目星はついている」

まったく気負う様子もなく先に立って歩き出したアルフレッドの後を慌てて追いかける。

ファニーは、背後からついてくる兄をちらりと見やり、すぐに前方を見据えた。宣言したとおり、ガイは一言も口を挟まず傍観者に徹している。

――『アルフレッド・アークライトは姿なきものの姿を、招喚せずとも目にすることができる神をも殺める【咎人】』

兄の言っていた言葉が耳に蘇《よみがえ》る。

アルフレッドは兄の言葉に、肯定も否定もしなかった。そんな噂もあるらしいですね、と言っただけだ。理事長でさえも、それ以上は特に触れなかった。

ただ、噂を肯定も否定もしなかったということは、アルフレッドにとって、あまり追及してほしくないことなのかもしれない。

唇を一旦引き結び、ファニーは再びアルフレッドに話しかけた。

「目星って、カラスの巣から招喚石を盗んだ人がわかったの?」

「ああ、おそらく」

アルフレッドは大きく頷き、行き止まりの廊下の壁をそっと押した。難なく開いたその先に現れたのは、下へと続く短い階段だった。下り切ると、さらに突き当たりを曲がって行く。本当に迷宮のようで、アルフレッドを見失わないようにしなければ、と必死で追いかける。

「君の招喚石がなくなった日、予備の招喚石を借りてきて、試しに巣の中に置いた。それでケルベロスに見張らせておいたら、見事に引っ掛かった」

「予備の招喚石を持っていった人がいたのか? って、まさか」

ありえない。というより、あってはいけない。だが、ここは研究棟だ。そしてその研究棟で自分はグリュプスを捕らえていたいくつもの招喚石を見た。

「博士か修士の人が、カラスが盗んだ招喚石を使って、グリュプスを無理に留《とど》めていた、のか？」

「たぶんな」

「たぶん？」

「この棟が特殊なのは知っているだろう？　本人じゃないと開かない扉や辿り着けない部屋なんてざらだ。だから僕が見つけたのは、このグリュプスの羽だけだ」

戦利品を自慢するかのごとく、トップハットに飾られていた黄金の羽を手に取ったアルフレッドは、それをファニーに差し出した。思わずそれを受け取る。

「本人じゃないと開かない扉？　でも、わたしはグリュプスの捕まっている部屋の扉を開けることができたけど……」

「ああ、だからこれは予測だけど、部屋の持ち主の痕跡《こんせき》が招喚石に残ったまま、君が研究棟に迷い込んだから、本人だと認識されて扉が開いたんじゃないかと」

前の扉をくぐったアルフレッドは、とん、とかるく扉を叩き、再びこちらに視線を向けた。

「ファニー、君が婚約者に会いに研究棟に行く前に、誰かに君の招喚石を使って招喚をさせた覚えがあるか？」

唐突な質問にファニーは眉間に皺を寄せて記憶を遡った。

（グリプスを見つけたのは、オリエンテーションの日だから、朝から招喚はしないし……。じゃあ、前日？）

前日は、実技の授業で初めて招喚をした日だった。

「たしか、授業で招喚する時になんか変な感じがしたから、エイベル修士に試しに招喚してもら……。え？」

ふっとあのおどおどとした自信なさげな喋《しゃべ》り方をする修士課の青年が思い浮かぶ。とてもではないが、そんな大それたことをしそうな雰囲気ではない。まさかという思いに息が苦しくなる。アルフレッドが開けた扉をくぐろうとすると、彼はわずかに声を潜めた。

「君は代わりの招喚石もあの人から渡されていただろう？」

「……だから、招喚石を持っているわたしを連れて行けば、その部屋の扉が開くかもしれない？」

ぞくりと悪寒が走る。それは真実を知りたいのと、知りたくないのとどちらに恐れを抱いたからなのかはわからなかったが、それでもそれがあまり歓迎されない事態を招くものだとはわかった。

「そうだ。僕がその予備の招喚石を使うと、僕の方がエイベル修士より等級が高いから、痕跡が消されてしまうんだ。――でも、本当だったら君を巻き込みたくなかった」

「――もしかして、それで急に指導生を下りるとか言ったの？」

アルフレッドの視線が、わずかに頭上を見やり、すぐにこちらに戻された。その表情は冴《さ》えない。

「……ああ、そうだ。君になにかあったら、僕はとてつもなくつまらなくなる」

「つまらない？」

寮の壁から落ちかけた時にも聞いた言葉だ。廊下に並んだ窓に、自分の困惑した顔が映る。

「女だって隠す気があるのかと思うほど無防備だったり、自信満々に見えて、実はそうじゃないのに強がっているところとか、僕の言うことにいちいち反応して言い返してきたり、後先考えなしの行動をしたり、予想外のことを仕出かしてくれたり、見ていて本当に面白い」

「……なんか、けなしていないか？」

ひとつも間違っていないというところが、なんだか逆に腹立たしい。八つ当たり気味にアルフレッドを睨み据えると、しかし彼は柔らかく微笑んだ。

「一応、褒めている。君を見ていると、この世界は楽しいことだらけだと思わせてくれる。――だから退学されると、困る」

顔を覗《のぞ》き込むように見つめられて、そのどこか温かみのある双眸にどきりとする。おそらく顔が赤くなっているに違いない。困るとはどういうことだろう。いなくなったとしてもアルフレッドの生活が変わるわけでもないのに。

「それは……」

「僕を楽しませるなんて珍しい人間は、貴重なんだ。ぜひとも観察していたい」

「観察って……思いっきり珍獣扱いじゃないか！」

思わずかっとなって怒鳴ってしまい、慌てて片手で口を塞ぐ。人気のない廊下は、よく声が響いた。

「お前ら……真剣に事件を解決する気があるのか？」

ふいに背後から響いてきたガイの低い声に、ファニーははっとしてそろそろと振り返った。あまりにも静かなので、兄がいたことなどうっかり忘れていた。

「あるよ。これは、アルフレッド先輩がからかうから……」

「からかってなんかいない。本心だ」

「だから、それが——っ」

ごほん、と兄の咳払いが耳に届き、ファニーはぐっと口をつぐんだ。いつもアルフレッドの調子に巻き込まれてしまうのはどうにかしたいが、なかなか難しいのだ。

それでもアルフレッドも軽口を言うのは控えたのか、それからは静かになった。

（なんだか、息苦しい……）

説明を終えたから、というのもあるだろうが、この沈黙は緊張感とそして恐怖心を思い起こさせる。

兄に怒られても、アルフレッドに喋っていてもらいたいと、すこしだけ思い始めた頃、アルフレッドがふと立ち止まった。

「ほら、ここだ。この中のどれかのはずだ」

アルフレッドが示した先には、同じような象牙色《ぞうげいろ》の扉が三つあった。どれも見覚えがあるようだったが、それでもこんな廊下の途中ではなかった気がする。

「本当にここ？　扉の色は同じだけど、わたしが見たのは廊下の突き当たりだったような……」

「そうか……、もしかすると君が侵入した後、部屋を移したのかもしれない。とにかく、開けてみてくれ。そうすればすぐにわかる」

アルフレッドに促され、ファニーは予備の招喚石を取り出し、ひとつめの扉の前に立った。

背後にアルフレッドと、ガイがいつでも飛び出せるような態勢で構えている。ファニーの肩に乗っているケルベロスだけが呑気そうに小さく欠伸《あくび》をしていた。

深呼吸をひとつ、招喚石を握りしめる。そうして覚悟を決めると、取っ手を回した。

「……っ。開かない」

びくともしない取っ手から手を離し、緊張に額に浮かんだ汗をかるく拭《ぬぐ》う。そっと後ろを見やると、アルフレッドが神妙な表情を浮かべて小さく頷いた。

「なら、次」

その声に勇気を得て、次の扉の取っ手を今度は目をつぶって勢いよく回した。

「駄目、だ」

やはり微塵《みじん》も動かない扉に、ごつんと額をぶつける。ここまでくると、最後もどうだかわからない。だが、最後の扉に期待を込めてその前に立った時、扉を見て困惑した。

「……取っ手がない」

「は？　ついさっきまではあったぞ」

背後から身を乗り出したアルフレッドが扉に触れる。たしかにそこに扉はあるのに、取っ手だけがない。凝視していたファニーは、ふと引っ掛かりを覚えた。

「そういえば、両開きの扉だったけど……。でも、部屋を移動したんじゃ、それも違う……？」

小さく呟きながら、扉をなぞっていく。

「ファニー、もうすこし、横だ」

「横？」

「そうだ、横」

アルフレッドの指示に振り返ろうとしたファニーは、ふいにその手をつかまれて、取っ手がない扉と中央の扉の間の壁に誘導された。と、その指先に、冷たい金属の感触が伝わってくる。

「……取っ手？」

明らかにそこは壁なのに、手にはしっかりと取っ手を握る感触がある。驚愕《きょうがく》して首を巡らすと、アルフレッドの視線はファニーの手元に注がれていた。そっと握られていた手を離されたが、それでも取っ手の感触は消えてなくならない。

(もしかして、アルフレッド先輩の目には取っ手が見えている？)

『姿なきもの』を見ることができるのなら、まやかしを見破ることなどは簡単なのかもしれない。

息を詰め、取っ手を握る手に力を込める。目に見えない取っ手が、回る。かちり、と音がしたのをたしかに耳にして、ゆっくりと壁を押すと、なんの抵抗もなくすんなりと開いた。

同時に室内から漏れてくる強いお香と、つんとすえたような獣の臭《にお》い。

「ここ、だ……」

覚えのある臭いに、あの時の恐怖を思い出して声がかすれる。前に、アルフレッドが身を割り込ませてきた。

「ああ、当たったようだな。助かった」

薄暗い部屋を覗き込んだアルフレッドは、肩越しに振り返って微笑んだ。

「君はここまででいい。もう十分だ。ガイ殿、これで条件のひとつは満たしましたよね」

「え？」

「ああ」

驚いたファニーの背後で、ガイが重々しく頷く。

「それじゃ、外へ出てくれ。ここから先はなにが起こるかわからない」

アルフレッドが闇《やみ》の向こうに足を踏み出す。ファニーはとっさにその袖をつかんだ。

「ちょっと、待って。ここまでって……」

――オオォン……っ。

鼓膜を震わす獣のうめき声。びくりと肩を震わせると同時に、アルフレッドにやんわりと手を引きはがされた。

「僕は大丈夫だ。いつものこと――」

「お、お前たち、そ、そこでなにをしているんだ！」

廊下の端の方から怒声が聞こえてきた。はっとして振り返ると、エイベル修士が、蒼白になって駆けてくるところだった。

「俺が留めておいてやる。行け」

ガイがエイベルの行く手を阻むように立ちはだかる。アルフレッドは、小さく礼を口にすると、部屋の奥の方へと駆け込んだ。その後を追いかけようとしたファニーは素早く兄に手をつかまれてしまい、振りほどこうと身をよじった。

「兄上！　離してくれ！」

「お前はあいつの足手まといだ。邪魔になって怪我をさせるより、俺と一緒にいろ。あいつの指示に従うって約束したんだろうが」

「……っ！」

悔しげに唇を噛む。それを言われてしまえば、追いかけることなどできなかった。ファニーが追いかける気力を失ったのがわかったのか、ガイが手を離す。

「招喚するまでもねえな」

やれやれと呟いたガイが、駆けながら招喚陣を描こうとしているエイベルに素早く近寄って、足払いをかけた。その場に転倒したエイベル修士を後ろ手に組み伏せる。

「おのれっ、野蛮な協会招喚士め！　わたしの研究の邪魔をするな……っ」

「野蛮とか言ってる俺ら招喚士協会が集めた資料をもとに、お前ら修士や博士は研究をしているんだろうが」

エイベル修士は鼻で笑ったガイに押さえつけられて、悔しげなうめき声をあげていたが、いくらもたたないうちになぜか笑い出した。

「アークライトはグリュプスに喰《く》われるぞ。招喚してから数か月はたっている。もう憎悪と恨みに固まって、招喚陣が消えてもあちらの世界に還《かえ》ることもできない。解放した瞬間、がぶりとやられるなぁ！」

ひっくり返った笑い声。ファニーは弾《はじ》かれたように身を翻《ひるがえ》して室内に飛び込んだ。

「ファニー！　戻ってこい！」

ガイの声など耳に入っていなかった。自分が足手まといなことはわかっている。でもこの預かっているケルベロスだけでも返さなければ。

肩に乗っていたケルベロスを腕に抱いて、薄暗い中を進む。すぐにアルフレッドの背中を見つけた。

以前に見たのと同じ、招喚陣の周りにいくつも配置された招喚石から上に向かって伸びた光の線が檻《おり》となり、グリュプスを捕らえている。いや、一部の光の線が消えていた。その前でアルフレッドがしゃがみ込んでいる。

「アルフレッド先輩！　招喚陣を消したら駄目だ！」

おそらく招喚陣を解こうとしていたアルフレッドが、反射的に飛びのいた。グリュプスが檻目がけて突進して来る。

その次の瞬間。

雷が弾けたようなまばゆい光と、轟音《ごうおん》が室内を埋め尽くす。

焦げたような臭いと煙が充満し、どこになにがあるのかわからなくなる。

ファニーは腕の中のケルベロスがいつの間にか消えているのに気付いた。

「アルフレッド先輩！　ケルベロス！」

「大丈夫だ。生きてる」

アルフレッドの声が聞こえてきた方に目を凝らすと、本来の大きさに戻ったケルベロスの側に立っている彼を見つけて、無事な姿にほっと胸をなでおろした。

招喚陣があった場所の天井は吹き飛び、青い空があらわになっている。崩れた瓦礫《がれき》は部屋の入り口を塞ぎ、兄がいるはずの廊下の様子を確かめることもできない。出入り口を塞がれてしまい、戦慄《せんりつ》したファニーはすぐに周囲を見回した。

グリュプスは地に伏せたまま、ぐったりとしていた。所々が焦げ、羽や体毛がなくなった場所が焼けただれている。

その瞳がパッと開いた。ちょうど目が合う。グリュプスは奇声を上げて身を起こし、そのままこちらに躍りかかってきた。

「ケルベロス！」

アルフレッドの声に耳が痛くなるほど大きな遠吠えをしたケルベロスは、ファニーの頭を飛び越えて、襲いかかってきていたグリュプスの羽に食らいついた。

「大丈夫か？」

駆け寄ってきたアルフレッドに問われて、ファニーはようやく我に返って浅い呼吸をしつつ頷いた。震える体を叱咤《しった》するように自分で片腕を握りしめる。

「ごめん、足手まといで」

「いや、教えてくれて助かった」

さらりと礼を口にしたアルフレッドの背後で、ふいにケルベロスが悲鳴をあげた。グリュプスの鋭い爪《つめ》が、ケルベロスの右の頭の片目に食い込んでいた。

「ケルベロス！」

「――っ狂気に囚《とら》われた獣は怖いな」

舌打ちをしたアルフレッドが、招喚石を指先で弾く。それとほぼ同時にケルベロスの姿が消え去った。

唐突に争う相手をなくしたグリュプスが、ふらつきながらも次の標的を探す。崩れた天井から逃げられるというのにそうしないのは、憎悪を晴らす相手を求めているのだろう。

その凶眼が、こちらの姿をはっきりと捉《とら》えた。

「ファニー、隠れろ」

アルフレッドに強く肩を押されて、半ば転がるように瓦礫の陰へと追いやられる。

――オォオオン。

耳をつんざくグリュプスの声。アルフレッドがグリュプスの注意を引きつけようとするのか、ファニーが隠れた瓦礫の側から離れていく足音を聞きながら、必死で考えた。

(考えるんだ。足手まといにならない方法を。すこしでもアルフレッド先輩の助けになれる方法を……)

瓦礫の向こうで光が明滅する。おそらくアルフレッドがなにかを招喚したのだろう。それでも争う音はやまない。廊下にいるはずの兄も手出しをしてこないところをみると、なにかそちらでも問題があったか、兄が言っていたように手出しをしないで様子をうかがっているのか。

（グリュプスを鎮める方法はなんだった？　餌《えさ》の馬、は駄目だ。連れてこれない。ん？　馬……馬車……、神々の二輪戦車《チャリオット》！）

導き出した答えに、はっと顔を上げる。

二輪戦車をグリュプスに引かせる神ならば、あの怒りを鎮められるはず。そして自分がわかる神の招喚図は理事長に渡された主神のものだけだ。

「主神アエトス……」

ファニーは握りしめていた招喚石を見下ろした。

自分の招喚石でならば偶然にも主神を招喚できたが、この借り物の招喚石では水精霊の招喚しかしたことがない。しかもその一度さえ自分は不遜《ふそん》なことに、追い返してしまっている。

（わたしの招喚石はきっとこの部屋のどこかにあると思うけど、探している余裕なんてない。成功するかどうかはいちかばちだ。でも迷ってる暇はない）

ファニーはすぐさま主神アエトスの招喚図を懐から取り出すと、招喚石を頭上に投げた。

指先でアルフレッドに教えられた通りに、迷うことなく複雑な招喚図を描いていく。落下した招喚石が床に落ちる寸前に、空色に発光する招喚図が頭よりも上に浮かび上がった。床に落ちた招喚石を拾い上げると、ふわりと暖かな風が頬をなでた。

青白い燐光《りんこう》を放つ招喚図が小刻みに震える。

ファニーが息を詰めて見守るなか、ひときわ大きく揺らいだかと思うと招喚陣は跡形もなく消え去った。

「やっぱり、駄目なのか……」

落胆しかけたその耳に、グリュプスの奇声が突き刺さった。瓦礫が崩れる。落ちてくる破片からうずくまるようにして身をかばい、すぐに顔を上げると、崩れた瓦礫の上に、こちらに背を向けて降り立つグリュプスの姿があった。

「――っ！」

かろうじて悲鳴を呑《の》み込む。しかし、身動きをした際に、周囲に散らばる瓦礫の破片が音をたてた。さして大きくもないその音に、グリュプスがぐるりとこちらに首を巡らす。

（アルフレッド先輩は⁉）

恐怖よりもなによりも、アルフレッドの安否が気になった。

「ファニー！」

せっぱ詰まったアルフレッドの声がグリュプスの向こうから聞こえる。ほっとしたのも束《つか》の間、グリュプスの体がふわりと浮きあがり、ほとんど落ちるようにこちら目がけてその鋭い鉤爪を向けてきた。

（やられる！）

きつく目をつぶる。これは、主神に不敬を働いた罰なのかもしれない。

自分の死の実感を、まざまざと感じた。せめて痛くないといい、と思った。

風圧を感じるまで近寄ったグリュプスの獣の臭いが、ふっとしなくなった。その代わり、ひんやりとした夜気にも似た空気が体を包み込む。

やけに静かになった周辺に、そろそろと目を開けたファニーは、目の前にこつ然と現れた長い銀の髪を高く結い上げた若い女性が、グリュプスに向けて矢をつがえているのを目にした。

矢を向けられたグリュプスが、怯《おび》えたのか威嚇しているのかぶるりと大きく身を震わせ、不満そうに唸る。

「だれ……？」

死の恐怖に直面したせいか、舌足らずな言葉がこぼれる。銀髪の女性は肩越しにこちらを振り返り、その夜空のように深い藍色《あいいろ》の瞳を細めて、慈愛に満ちた笑みを浮かべ、すぐに消えた。

白昼夢でも見たような感覚で、目を瞬かせる。

（なん、だ、いまの……）

混乱しかけたファニーは、駆け寄ってきたアルフレッドがかばうように前に立ってくれたのにようやく我に返った。

「ああ、くそ、招喚したくなかったが、仕方ない」

苛立って小さく毒づいたアルフレッドが、招喚石を上空に投げる。

「自分の騎獣を回収してくれ！」

招喚陣が赤く輝く。渦巻く強風に瓦礫がいくつか転がった。グリュプスもその勢いに押されたのか、わずかにこちらから飛びのく。

ふとアルフレッドが描いた招喚陣に見覚えがあることに気付き、すっと血の気が引いた。

「嘘、だ……」

ありえない。

招喚陣から溢れる風がひときわ強く吹いたかと思うと、ひとりの青年が地上に降り立った。かるく伏せられた瞳は黄金。荒れ狂う風の中にありながら一筋も舞い上がらない緩く波打つ髪は、虹色《にじいろ》の光を放つ白髪。古めかしい貫頭衣をまとい、威風堂々と佇《たたず》むその姿は気の弱い者ならば視線を向けられただけで、ひれ伏すだろう。

神々の王にして天空の覇者、主神アエトスが青年の姿でそこにいた。

「アエトス……?」

呆然《ぼうぜん》と呟く。ふいに視界に、アエトスの足元に転がった招喚石つきのブローチが映った。いつも憧《あこが》れを込めて見つめるアスフォデルの銀花は、しかしその一部がはがれ、金の下地がのぞいていた。その色にひゅっと息を呑む。

(アスフォデルの金花！　特級招喚士……!?)

青年姿の主神を招喚するのは、もはや伝説としかいえない特級招喚士だ。その証たる金色のアスフォデルのブローチを目にして、アルフレッドの顔を驚愕して見上げる。しかし彼の視線は、まっすぐに招喚したばかりのアエトスに向けられていた。

「久方ぶりだな、そなたに招喚されるのは。アルフレッド・キーツ」

ファニーが招喚した時のように、頭に直接響く声ではなく、張りのある声が鼓膜を震わせた。

「そんな名前は知らない。さっさとグリュプスを回収してくださいませんか」

嫌悪を滲ませる口調。アエトスが口にした名前は聞き覚えのある姓だった。

（アルフレッド・キーツ、って、どういう、こと……？）

次から次へともたらされる情報に、頭の処理も感情もついていかない。ふいにくつくつと笑声《しょうせい》が辺りに響いた。

「いつもながら、つれない。そなたの招喚石の輝きに、私はこんなにも惹《ひ》かれてやまぬというのに。どれ、これ以上不機嫌になる前に、そなたの望みを叶《かな》えよう」

アエトスが体重を感じさせない動きでグリュプスに向きなおる。しかしグリュプスはその神気に圧されたのか、すでに委縮したように翼と尾をたらし、身を低くしていた。

アエトスが横に手を振ると、巻き起こった風とともに現れた招喚陣に呑まれるようにしてグリュプスは消え去った。

あまりにもあっけない終わりだった。あれだけアルフレッドが手こずったことが嘘のように。

「わたしがいつでも来てやるというのに、そなたはいつも駄犬ばかりを招喚する」

「そういつも主神様の手を煩わせるような事例には当たらないので」

「ほんとうに、つれないな」

泰然と微笑んだアエトスがちらりとファニーに目をやり、面白そうに唇を歪めた。

「――それでは、またなにかあれば喚《よ》ぶがいい。そちらの不遜で面白い娘もな」

突然話を振られ、びくりと肩を揺らすと、アエトスは傲然《ごうぜん》と笑った。

頭上に浮かんでいた招喚陣が一際強く輝いたかと思うと、細かな光の粒子を残して、アエトスの姿は瞬く間に消え去った。

破壊された室内に、静けさが戻ってくる。

アエトスの消えた先を茫然自失《ぼうぜんじしつ》として見つめていたファニーは、アルフレッドがなにか小さく呟いたのが聞こえた気がして、そちらに視線を向けた。柘榴色の瞳と目が合って、ためらいつつも口を開く。

「あの――先輩は、特級招喚士？」

「……そうだ」

誤魔化すことなく、しかし不満げに頷いたアルフレッドは、足元に転がっていた招喚石を拾い上げた。柘榴色の招喚石が埋め込まれたアスフォデルの花は、やはり見間違いようもなく、銀箔が剥《は》がれて下地の金の花が覗いている。

「どうして、隠しているんだ」

「色々と事情があるんだ。【咎人】だと騒ぐ奴らもいるからうっとおしい。ああでも、一番の理由は僕が金色が嫌いだから、だな」

「は？　本気で言っているのか？」

「こんな時に嘘なんかつくと思うのか」

ファニーは耳を疑った。アルフレッドはとんでもないことを言った気がする。ふつり、と胸に怒りがこみ上げた。

「金色が嫌いだから？　なんなんだそんなふざけた理由。隠していたこと自体は気にしない。多分わたしにはわからない、大変なことがあるんだと思う。ただ、一番の理由がそんなことだなんて、特級になりたくてもなれないわたしやほかの招喚士全員を馬鹿にしてる！　そんなに嫌なら、さっさと捨てればいいじゃないか！」

叩きつけるように怒鳴る。なりたくてたまらないのに、それを要らないと言うアルフレッドのあまりにもふざけた理由に、激昂《げっこう》せずにはいられなかった。

「怒鳴ったってことは、ファニー、無事だな？」

ふいに瓦礫が崩され、その向こうからガイが顔を覗かせた。

「兄上！」

肩から力が抜けた。そちらに駆け寄ろうとして、なにかを蹴飛《けと》ばす。石かと思ったがそれが見たこともない緑色の招喚石だと気付いて、慌てて周囲を見回した。

「わたしの招喚石は!?」

この部屋のどこかに転がっているはずだ。

「僕も探そう」

ファニーが床に膝《ひざ》をついて探し始めると、アルフレッドも瓦礫の下を探してくれた。そこへ室内に入ってきたガイも加わって探したが、見つかったのはアルフレッドが囮《おとり》につかった招喚石を含んだ四つのみで、ファニーの物はどこにもなかった。

「おい、ファニーの招喚石はどこへやった？」

廊下にストラで後ろ手を縛られて転がされていたエイベル修士に、兄が問いかける。

「そ、その一年の招喚石？　あの空色のか？　それだったら、す、捨てた」

「捨てた⁉　どこにっ」

ファニーはとっさにエイベル修士の襟元に掴みかかって、揺さぶった。

「う、裏山だ。主神アエトスを招喚できるような純度の高い招喚石は、わ、私にはほんのわずかな時間しか使えなかった……っ」

悔しげに歯ぎしりをするエイベル修士を放り出し、ファニーは裏山へ行こうと廊下を走り出した。騒動に気付いて廊下にばらばらと集まりかけていた修士や博士の間を縫って、すぐにアルフレッドが追いかけてくる。

「アルフレッド先輩は来なくていい！」

「ひとりじゃ、迷って外に出られないだろう」

もっともな意見に、口をつぐむ。アルフレッドがファニーを追い抜いて、誘導してくれるのに黙ってついて行く。

研究棟を出た途端、ファニーは再び立ち止まった。すこし先に行ってしまったアルフレッドが、ついてこないのに気付いたのか振り返る。

「ありがとう、もうここまで来れば大丈夫だから。自分の招喚石は自分で探す」

息を整えつつ、アルフレッドを見据える。アルフレッドが片眉を上げた。

「裏山をひとりで？　そんなのは無茶だ」

「無茶でもやる。招喚石の盗難事件は犯人も見つかって、これで解決したんだから、ここから先はわたしの問題だ。だから、もうアルフレッド先輩に手伝ってもらわなくても大丈夫」

「招喚石が全部見つからないと事件は終わらない」

「――だって、先輩は『アルフレッド・キーツ』なんだろう？」

アルフレッドの肩が跳ねた。柘榴色の双眸が大きく見開かれる。

主神は嘘を言わない。そもそも嘘を言う必要がない。だから、あの名前はアルフレッドの本当の名前なのだろう。

「わたしは婚約者の名前も容姿も性格もなにも知らなかったんだ。ううん、聞きたくなかった。ただ、キーツ公爵の子息、っていうことしか頭に入れなかった。先輩は婚約のことを知っていたんだろう」

「婚約は知ってはいた……、でも違うんだ」

アルフレッドは首を横に振った。そのひそめられた眉に、苛立ちを覚える。

「なにが違うんだ？　知っていたから、わたしにかまったんだろう。婚約を嫌がっているわたしを逃がさないように。丸め込まれているのにも気付かないで、先輩に慰めてもらったり相談していたわたしは、ただの馬鹿じゃないか……」

両脇に力なく垂らしていた手を握りしめる。

言っているうちに怒りたいのか、悲しいのか、悔しいのか、よくわからなくなってきた。

「わたしが婚約者に会いに研究棟に忍び込んだ時、アルフレッド先輩があそこにいたのは、偶然でもなんでもなくて、研究室があったからなんだな」

あの時、アルフレッドは婚約したくないと言ったファニーを引き止めるようなことを言っていた。

アルフレッドが真剣な表情で一歩近づいた。

「丸め込むようなことはしていないし、研究室も持っていない。持っているのは兄だ。研究棟にいたのは君の魂が定着する方法がないかと、兄の資料室で調べていたんだ」

「兄、って……」

思わぬ事実と行動を知り、言葉を失う。兄がいることなど初耳だ。次から次へともうわけがわからない。

「証明しろ、と言われても、証明するものがない。僕の言葉を信じてもらうこと以外はなにも」

「――信じたいよ」

目を伏せて、詰まってしまった声を絞り出す。

「さっきもグリュプスに殺されそうになった時に助けてもらったのは、感謝してる。でも、駄目なんだ。頼るように、慕うように仕向けられていたんじゃないか、って考える自分がいる。そんな自分がすごく嫌だ。だから、こんな気持ちでこれ以上手伝ってもらうなんて、できない」

ファニーは急いで踵を返した。そのまま裏山へ向けて走り出す。アルフレッドがなにかを叫んでいるような気もしたが、意識的に耳を塞いだ。

(いっそ、嫌いになれればいいのに)

嫌いになれないから、こんなにも苦しいのだ。

胸に広がる息苦しさを押さえるように、ファニーは強く胸元を握りしめた。

第五章　昇級試験は嵐《あらし》のち晴れ

青臭い匂《にお》いに辟易《へきえき》して、ファニーは地面に伏せていた顔を上げた。草むらに勢いよく座り、新鮮な空気を求めて空を仰ぐと、まばらに浮かんだ雲が夕焼け色に染まっていた。

「……見つからない」

エイベル修士に招喚石は裏山に捨てたと聞かされてから、すでに数日たった。昇級試験まではあと一週間もない。

早朝、授業が始まる前と、昼休み、そして終わった後、裏山にやってきてあちこちを探したが、どこを探しても招喚石は見つからなかった。

セルジュには昇級試験の勉強をしてほしいと言って、手伝ってもらってはいない。

そしてアルフレッドもファニーの言葉を受け入れてくれたのか、無理にやってきて手伝うことはしていなかった。それればかりか、あの日から一度もその姿を見ていない。ケルベロスが壁を壊したアルフレッドの部屋は、すでに修復がされており、ファニーもいまだに間借りさせてもらっている状態だが、やはりアルフレッドは戻ってこなかった。

(このまま見つからなかったら……兄上に連れ戻される)

嫌な考えが浮かび、背筋が冷える。

エイベル修士を恨みたくなるが、彼の気持ちもわかってしまうだけに、恨みきれない。

（エイベル修士、等級を落とされて学院から追放されるって、聞いたけど……）

彼がグリュプスを無理にでも留《とど》めようとしたのは、次の昇級試験で等級を上げたいがためだった。自分の実力を認めさせたくて、それでもどんなに修練を積んでも力が足りなくて、ファニーの招喚石のように純度の高いものは、見たくもなかったらしい。

ふとアルフレッドの招喚石を思い出す。正確には、それを彩るアスフォデルの金花を。

「捨てればいい、なんて言うんじゃなかった……」

口をついて出てきたのは後悔の言葉。だが、どうしても悔しかった。すいすいと招喚できてしまうアルフレッドが、それを嫌がるのがどうしても妬《ねた》ましかったのだ。

自分がこんなにも暗くて重い感情を持っているなんて、それをぶつけてしまうなんて、とてつもなく嫌だった。

長くため息を吐く。そうして吐き切ると、勢いよく腰を上げた。

「よし、休憩終わり！」

気持ちを切り替えようと、かるく頬《ほお》を叩《たた》く。きっと前方を見据えたファニーは再びあちこちの茂みの下を探し出した。

日も落ちて、辺りが薄暗くなりはじめた頃《ころ》、ふとすこし先の茂みが大きく揺れているのに気付いた。それも一か所や二か所どころではない。

不審に思ったファニーは、探すのを中断してそれらを見ていると、そのうちのひとつが大きく揺れた。

「ああもう、はた迷惑なことをしてくれますよね！」

がさりと茂みから銀の髪を持った頭が姿を現す。

「窓から捨てたんじゃ、すぐに見つかるかと思っていましたけど」

「セルジュ……？」

どうしてこんなところにいるのか理解できずに、ただ兄弟も同然に育った少年を見つめる。

「なー、もう明日《あした》にしようぜ。腹が減ったら、見つかるもんも見つかんねえって」

背後から声をかけられて振り返ると、頭に葉やら枝を沢山つけたニコラが自分の腹をさすりながらやってくるところだった。

「こんなに暗くなったら、見えないし、今日《きょう》はもう帰りましょうよ、ステファン君」

ニコラの脇《わき》からクラスメイトの女生徒が二人顔を出した。彼らの言葉が耳に入ったのか、そのほかにも揺れていた茂みから見覚えのある顔が次々と顔を出した。

「みんな暗いから迷わないでくださいよ。裏山で遭難、だなんて冗談だけにしてください！」

セルジュの張り上げた声に、笑いながら固まって坂を下りていくクラスメイトたちの姿に、呆然《ぼうぜん》と立ち尽くす。その背を、側《そば》に来たセルジュにかるく叩かれた。

「ほら、ぼうっとしていないで帰りますよ、ファニー」

「帰るぞー。夕飯が俺《おれ》たちを呼んでる！」

ニコラにぽんと頭を叩かれる。帰っていく彼らの背中に、ファニーは顔を歪《ゆが》めて叫んだ。

「みんなどうしてこんなところにいるんだよ！　昇級試験の勉強はどうしたんだよ！」

下りかけていた皆の足が止まる。互いに言ってもいいものかと顔を見合わせるようにしているなか、一番近くにいたセルジュが鋭く見据えてきた。

「ファニーこそどうしてそんなに意地になっているんですか。手伝うって言っているのに、自分のことだから大丈夫って拒絶して、毎日毎日青い顔して必死に探し回って。手出しもさせてもらえずに、それを見ているオレたちの気持ちなんか全然わかってない」

「だって、失《な》くしたのはわたしの不注意だし、手伝わせるなんて悪い」

ニコラや、そのほかのクラスメイトには、両親から、招喚石を失くしたことで昇級試験で招喚ができなければ、退学しろと言われてしまったと告げている。

セルジュはなおさら怒りに顔を赤くした。

「なりふり構っている場合じゃないでしょう。退学させられてもいいんですか？」

言い募ったセルジュは、自分の招喚石をはめた首飾りを取り出して、こちらに突きつけた。

「それに、招喚石がどんなに大切なものなのか、オレたちがわかっていないと思いますか？　自分のものじゃない招喚石を使うってことが、招喚士にとってどんなに不利になることなのか。たとえ仮の招喚石で招喚が成功して残れたとしても、努力してもなかなか等級は上がらない、依頼主にもあまり信用してもらえない。そんなふうになるかもしれないのに、あなたはオレたちにただ黙って見ていろって言うんです。そんなのはオレはできません！」

セルジュの叫びが、夕闇《ゆうやみ》に沈む裏山に響き渡る。ファニーは息を詰めてセルジュを見ることしかできなかった。そんなことを考えていたとは、思いもよらなかった。

そのセルジュの肩をニコラがなだめるように叩いて、苦笑してこちらを見た。

「なー、ステファン、セルジュは小難しく言っているけどさ、簡単に言うとここでおまえが退学するかもしれないのがみんな嫌なんだよ。嫌だから手伝いたい、それでいいんじゃねえの？」

単純な言葉だった。意固地になっている自分が、恥ずかしくなるほどに。

「毎日、おまえがアークライト先輩と言い争っているのを見ないと、なんだか張り合いがないんだよ」

「意外と騒動を起こすから、次はなにをやらかすのかわくわくするし」

「セルジュ君に頭が上がらないところも、面白いのよね。怒られても全然めげないところも」

ニコラの言葉を裏付けるように、口々に言うクラスメイトに、ファニーは徐々に赤くなった。

そんなふうに見られていたとは知らなかった。

激情が収まったのか、幾分落ち着いた表情でセルジュがこちらを見据えてきた。ついこの間まではすこし低かったはずの目線が合うことにファニーは今更ながら気付いた。

「試験勉強を放棄したわけじゃないです。ここに来たのは、手伝える余裕がある人たちだけ。

自分の責任なんですから、ファニーが気にするようなことじゃないですよ。みんな、自分勝手に探しているだけですから」

「――うん、ありがとう……」

もっと感謝の言葉を言いたかったのに、胸がいっぱいになってそれだけしか言えなかった。三か月ほど前に彼らと出会ったばかりなのに、毎日顔を合わせていれば、自然と打ち解けてくる。多分、自分が彼らの立場でも、見慣れた顔が教室から消えてしまうとしたら、同じことをする。

「あっれー、なに、おまえ泣いてんの？」

「べつに、泣いたっていいじゃないか、感動したんだから」

快活に笑って顔を覗《のぞ》き込んできたニコラに、慌てて滲《にじ》んだ涙を乱暴に手の甲で拭《ぬぐ》う。それを見たクラスメイトたちも、あれこれからかいながらも、再び下山を始めた。

「手伝ってくれるのは嬉《うれ》しいんだけど、ニコラは筆記は大丈夫なの？」

「うっ、痛いとこ突くなよ」

わざとらしく胸を押さえるニコラに、セルジュが呆《あき》れたように嘆息した。

「自己採点でぎりぎりですよ。ニコラは現実逃避をしているだけ」

「息抜き、息抜きだ！」

「息を抜きすぎて、覚えたことをその辺に落としても知りませんから」

「おまえ怖いこと言うなよ……」

恐ろしげに呟《つぶや》いたニコラが、まるで覚えたことを落とさないように両手で耳を塞《ふさ》ぐのに、ファニーは思わず笑ってしまった。

(やっぱり、この学院に来てよかった)

ここで皆とまだ勉強をしていたい。色んな話をしてみたい。そのためには。

ファニーは気合いを入れなおすかのように、大きく深呼吸をして、一歩踏み出した。

＊＊＊

招喚士学院の古びた、それでいて頑健な造りの実技場には、人が溢《あふ》れていた。

中二階の観客席から人々が見下ろすのは、中央に立つ若草色のストラを掛けた一年生。

前日に筆記試験を終え、そして今日の昇級試験の実技は、まずは無級の学生から始められていた。

「入試よりも人がいるんじゃねえ？」

実技場が望める控室の窓から場内を見ていたニコラが、どこか面白そうな声で同意を求めてきた。

「ニコラは緊張しないですよね。図太いっていうか……」

「図太いのは、家の家族の気質だ！」

セルジュの辛辣《しんらつ》なもの言いに、なぜか自慢げに胸を張ったニコラの横で、ファニーは眉根《まゆね》を寄せてアエトスの招喚図を睨《にら》みつけていた。

結局、招喚石は見つからなかった。

だが、落胆している暇はない。あとは仮の招喚石でどこまでできるか、だ。幸いにも課題の水精霊の招喚はできる。アルフレッドがアエトスを招喚した時に、かの神はまた喚《よ》べといったようなことを口にしていた。だから、アエトスの招喚も成功する可能性がある。

「ファニー、大丈夫ですか？」

セルジュの心配そうな声に、ふっと顔を上げる。

「うん、大丈夫。思ったよりも落ち着いているし」

不思議と心は凪《な》いでいた。もっと焦るかとも思ったが、ここまできてしまえばあとはなるようになる。そう心を決めてしまえば、なにも怖いことなどなかった。

「ステファン・ラングトン！」

実技場へと続く扉から、名を呼ばれた。すっと背筋が伸びる。緊張はしているが、それでも凝り固まってしまうほどではない。

「行ってくるね」

強《こわ》ばった顔をしているセルジュにひらりと手を振って、ニコラが気合いを入れてくれるようにばんばんと背中を叩いてくれるままに、足を踏み出す。

実技場に入ると、たくさんの好奇の視線が降り注いだ。入試でアエトスを招喚した生徒だという言葉が、あちらこちらから聞こえてくる。兄もまたこの観客席のどこかにいるのだろう。

「では、始めてください。まずは、課題招喚から」

試験官の指示に、ファニーは招喚石を握りしめた。入試の時のように実技場の端に悠然と座る理事長の姿を横目に、ゆっくりと招喚陣を虚空に描く。

水精霊の招喚は、やはり問題なくできた。手のひらに乗るほどの小さな水精霊だったが、華麗にくるりと回ると、ファニーが招喚石を弾《はじ》くのと同時に姿を消した。

「次、自分で決めた自由招喚をしてください」

試験官の落ち着いた声に、それまでどことなくざわめいていた実技場内が、しん、と静まり返る。

緊張感に速まる鼓動を落ち着かせるように、胸に手を当てて大きく息を吸う。

（よし……！）

ふっと目を開いて、自分の瞳《ひとみ》の色よりも深い青色をした招喚石を頭上に放り投げる。

その時だった。

ばんっ、と実技場内の窓という窓が開き、突風が吹き込んできた。

——わんっ、きゃんっ、ばうっ。

とっさに目を閉じたファニーの耳に、三重の犬の声が届く。と思えば、ずしり、と頭上に重みを感じた。ぱしぱしと首筋に柔らかい毛が当たる感触がする。

「え……!?」

突風が吹き荒れる中、目をこじ開けたファニーは、頭に落ちてきたなにかを確信を持って引きずりおろした。

きらきらと輝く三対の目と目が合う。ちぎれてしまうのではないかと思うほど激しく尾を振っているのは、たしかにケルベロスだった。目に負ったはずの傷が治っていることに、ほっとしたのも束《つか》の間、招喚主の突飛な行動に眉間《みけん》に皺《しわ》を寄せる。

「アルフレッド先輩はなにして……あれ?」

わずかに湧《わ》き起こった苛立《いらだ》ちを口に出そうとして、ふと中央のケルベロスの首になにかが掛けられているのに気付いた。銀の鎖の先にぶら下がる、空色の宝石に。

「わたしの招喚石!」

驚愕《きょうがく》に、手が震える。あれほど探しても見つからなかった自分の招喚石が、そこにあった。

(先輩が見つけてくれた?)

若干震える手で首飾りをはずす。草に埋もれていたのか、鎖に絡みついていた草を取り払おうとして、手を止める。

「――四つ葉の、トリフィリ……」

息が詰まった。指先で風に揺れるのは、裏山にウサギを返しに行った際、アルフレッドと子供のように探してしまったトリフィリ。すこししおれてはいたが、それでもたしかにその葉は四つ葉だった。


――今度はちゃんと四つ葉を見つけてあげよう。任せてくれたまえ。


笑みを含んだ、アルフレッドの柔らかい声が蘇《よみがえ》る。

ファニーは招喚石とトリフィリを握りしめた。

『希望、誠実、愛情、幸運』

その葉に込められた意味を覚えてくれていたのだろうか。

(どうして、こんな……。わたしはあんなに責めたのに!)

嬉しいのと、感激したのと、申し訳なさと、様々な感情が胸の内を荒れ狂う。

片腕に抱いていたケルベロスが代わる代わる頬を舐《な》めて、すぐに腕から抜け出した。

ケルベロスがあっという間に未《いま》だに強い風が吹く中を駆けて、中二階の窓へと飛び上がる。

それを目で追ったファニーは、そこに花嫁のヴェールのように薄い布がはためく、装飾過多な帽子を被《かぶ》った男子生徒の姿を見つけた。

「アルフ――っ」

名を叫びきる前に、渦巻いた風によろけた。その隙《すき》をついて、アルフレッドは大きくなったケルベロスに飛び乗り、窓の外へと出て行ってしまった。

室内に吹き荒れていた風がやむ。騒然とする実技場に取り残されたファニーは、書類を飛ばされて必死にかき集めている試験官を焦って振り返った。

「自由招喚をします。――主神アエトスの招喚を！」

ぽかんとした試験官にはかまわず、手にしていた招喚石を握りしめる。貰《もら》ったトリフィリは上着の隠しにそっと忍ばせた。

混乱の最中にある周囲を気にしていられない。

はやる気持ちを抑えるように、ようやく手元に戻ってきた自分の招喚石を見つめ、いつかアルフレッドがそうしたように、『おまじない』をする。

そうして唇を寄せた招喚石を空中に投げた。

(迷いなく、思い切り描く！)

指先で頭に叩き込んであるアエトスの複雑な招喚陣を躊躇《ちゅうちょ》なく描く。

招喚石を受け止める網のように広がった空色の線が、頭上に輝いた。

入試と同じように招喚陣から溢れた風に、つい先ほどアルフレッドが発したような押し返されるほどの強さはなく、ただ柔らかく頬をなでた。

『再び……いや、三度まみえたな、不遜《ふそん》な娘よ』

頭に響く、不思議な声。やはり体重を感じさせない動きで招喚陣から降り立ったのは、幼子の姿のアエトス。これが、今の自分ができる精一杯の結果。

『無事に自分の招喚石を取り戻せたようではないか』

「はい、アルフレッド先輩のおかげです。喚びかけに応《こた》えてくれてありがとうございます。ですが、用事は済みましたので、申し訳ありませんが、お還《かえ》りください。急いでいるんです」

早口でまくしたてる。早く追いかけないと、アルフレッドがどこかへ隠れてしまう。

『本当にそなたは、不敬だな。神をも恐れぬその気質に我らはどうしようもなく惹《ひ》かれるのだがな。ただ』

呆れたように苦笑したアエトスが、すっと窓の外を指さした。

『ステファン・ラングトン、すこし痛い目を見るがいい』

ひやりと背筋が凍る。怒らせた、と思った時には体が宙に浮いていた。普通ならば、招喚対象に危害を加えられることはない。唯一の例外は、招喚対象よりも招喚主が明らかに格下と見なされた場合だ。

「わっ……！」

『ゆけ』

ぐるりと視界が回る。実技場内に蒼白《そうはく》になって走り出てきたセルジュの顔が見えた。

「ファニー！」

セルジュの声が鼓膜を震わせたのを最後に、視界が一気に真っ白になった。

＊＊＊

目の前を浮遊する薄く透けた人影に、アルフレッドは険しい瞳を向けていた。

「グリュプスからファニーをかばうために姿を見せたり、彼女から離れてもいいんですか。狩猟の女神アルクダ様」

無表情にこちらを見返している銀の髪の女神は、かすかに首を縦に振った。

『すこしの間なら問題ありません。妾《わらわ》は招喚中はむしろ邪魔でしょうから』

「そうですね。あなたがファニーの側にいつもいるのに遠慮して、水精霊が近づかなかった」

おまじない云々のやりとりで女神が気付いてくれればと思ったが、しっかりと気付いてくれていたらしい。あの後の授業で、ファニーは水精霊の招喚を成功させていた。

「それにしても、僕になんの用ですか？　あなたは男性嫌いのはず」

女神が手にした弓を油断なく見据えて、招喚石に手を伸ばす。

『貴方《あなた》にお話があります。アエトス様をあれほど難なく招喚する貴方に』

濃紺の瞳には怒りはない。そのことに警戒を緩める。

『ステファンの魂は本来ならとうに冥府《めいふ》のもの。しかしそれを妾はあの子の両親と二十年ほど、という契約で留めました。ですが、それもそろそろ限界です。これ以上妾があの子に憑《つ》いていると、人格を消してしまう』

「そうでしょうね。神が憑くのはそういうことだ」

加護だけならそんなことはない。こうして神が常に側にいて守護するということは、それが長ければ長いほど、人格が消え、廃人と化す。

「誰《だれ》もあなたがファニーに憑いているのは知らなかった。僕も初めて見た時には目を疑いました」

『妾が側にいると知られては、憑きにくくなるからです。本人には、特に。ですがこれからは』

女神が初めて表情を動かした。眉尻《まゆじり》を下げた悲痛な表情を向けてくる。

『妾はすこしずつ離れる時間を増やしていきます。あの子の魂はまだ人界に完全に定着していません。冥府の門番たるケルベロスが懐くのがその証拠。ですから、アルフレッド・キーツ、アエトス様をも魅了する招喚石の持ち主。あの子の側にいてやってください』

手にした弓を両手で握りしめて懇願してくる女神を眺め、そのあまりの必死さにアルフレッドは心底疑問に思った。

「あなたはどうしてファニーの命を救ったのですか」

『生きたいと、魂が泣いていたのです。今にも失いそうな命を精一杯使って、生きたい、と。これを見捨てることは、妾にはできなかった』

女神の濃紺の瞳に浮かんだのは、母性。アルフレッドは息を呑《の》んだ。ファニーは神を魅了する。招喚石だけでなくその魂をもって。それは、おそらく自分もまたそうなのかもしれない。

『貴方ならあの子を守れる。この先、なにが起こっても。ですから――』

「言われなくても、そうします。強要されるのは嫌いなもので。――たとえ神々の王でも」

傲然と笑ったアルフレッドは、なんの前触れもなく感じたアエトスの気配に、挑むように空を見上げた。

＊＊＊

「……どいてくれ、ファニー」

自分の下からそんな声がして、ファニーははっと我に返った。それまで閉ざされていた視覚と聴覚が急に戻ってくる。

見回してみると、そこは何度も招喚石を探し回った裏山だった。

なにが起こったのかわからない。裏山に飛ばされたようだが、自分はアエトスの怒りに触れたのではなかったのか。だが、それにしてはどこも痛くないし、気分も悪くはない。

ふといつの間にか招喚石が自分の手に戻っていることに気付いて、混乱した頭に手をやる。

「聞こえているのか？」

再度、どこか苦しそうな声がして、ファニーは自分の座っているものの存在にようやく気付いた。

以前とは違う普通の制服に、すこし先に飛んでしまっている装飾過多な帽子。ファニーはうつぶせに倒れたそれらの持ち主の背中に、図々しくも座り込んでいた。

「ご、ごめん！」

横に転がるようにして慌ててアルフレッドの背中から下りる。

痛い目を見たのは、アルフレッドの方だったようだが、アエトスはどういうつもりで裏山に飛ばしたのだろう。

アルフレッドは、早々とあおむけになって、大きく息を吐いた。

「……圧死するかと。主神は無茶苦茶なことを――。この手はなんだ？」

アルフレッドの指摘に、ファニーは初めて自分が彼の制服の端をしっかりと握っていることに気付いた。離そうとして、しかし思いなおし、なおさらきつく握る。

「――招喚石を見つけてくれてありがとう。あと……信じなくてごめん」

俯《うつむ》いて、声を絞り出す。アルフレッドはしばらくなにも言わなかった。だが、やがて起き上がったかと思うと、上着を握りしめた手をやんわりと握られた。

「僕も色々と黙っていて、悪かった。ちゃんと話すから、聞いてほしい」

落ち着いた声に、ファニーははっとして顔を上げた。柔らかく細められる柘榴色《ざくろいろ》の双眸《そうぼう》と目が合って、かすかに緊張する。

「『アルフレッド・キーツ』は僕の本名だ。ただ、両親との折り合いが悪くて、祖父のアークライト家で育てられたから、普段はアークライト姓を名乗っている。このことは世間には公表していない」

なんでもないような口ぶり。それでも、以前聞かされた「呪《のろ》い殺される」や「血の色の瞳」だのはもしかしたら両親からの言葉だったのだろうかと、推測してしまい、握りしめたままのアルフレッドの上着をさらに強く握る。

「婚約者の話の方は、君の言う『婚約者のキーツ博士』は僕のことじゃない。兄だ」

「え？」

ファニーが目をぱちくりとさせると、アルフレッドはその視線を研究棟の方へと向けた。

「前にも言ったと思うが、君がグリュプスを見た時に僕があそこにいたのは、兄の資料室だったからだ。優秀な人なんだ。すこし研究熱心で、人見知りが激しいけどな」

柔らかな微笑《ほほえ》みを浮かべるアルフレッドに、兄は両親と違い邪険にしていないのだとうかがい知れた。

「じゃあ、そのお兄さんのために、アルフレッド先輩はわたしに近づいた？」

「それも違う。婚約者の話は、兄か僕のどちらか、という話だった。どちらが夫でもいいから、一級招喚士を多く輩出するラングトン家の血を入れたい、とかいう話で、僕は断ったんだ。だから君が入学して同室になった時には、なんの陰謀かと思ってすこしだけ腹が立った」

そういえば、ファニーが名前を名乗った途端に、アルフレッドが一瞬だけ嫌悪の表情を浮かべたことを思い出した。あれは婚約を強要されたことに対してのものだったのだ。

「それでも、一応様子を見ていたら、君は予想以上に面白い娘だった。君といるのが楽しかったんだ。だから事実を明かせば婚約を嫌がっている君は逃げていってしまうと思って、黙っていた」

ファニーは唇を引き結んだ。アルフレッドの予想は間違っていない。たぶん初めのうちに婚約者候補なのだと明かされていたら、極力近づかなかっただろう。

アルフレッドがこちらを向いた。柘榴色の双眸がわずかに悪戯《いたずら》っぽく光る。

「だから、丸め込まれたのは、僕の方だ。責任をとってくれないか？」

「責任？」

かすかに首を傾《かし》げる。そうしてはっと気付いた。

「わかった、ちゃんと責任はとる。アルフレッド先輩の気のすむようにしてほしい」

「本当に？　僕の思うようにしてもいいのか？」

「うん、一発殴られるくらいなら、我慢できるから」

まっすぐにアルフレッドを見据えて、覚悟を決める。するとアルフレッドは複雑な表情をしたかと思うと、片手で顔を覆ってしまった。

「……君にははっきりと言わないと伝わらないみたいだ」

「ううん、ちゃんとわかってる。今ならアルフレッド先輩が婚約者候補だからって、逃げたいとは思わない。アルフレッド先輩が誠実な人だってもうわかっていたのに、信じきれなかった自分が許せないんだ。嫌な思いをさせた責任はとる。だから、殴ってほしい」

真摯《しんし》にそう言い募ると、アルフレッドはますます困ったような顔をしてしまった。

「やっぱり、微妙にわかっていないな……」

ぼそりと小さく呟き、なにかを考えていたアルフレッドだったが、やがて彼の上着をつかんでいた手を、逃がさないとばかりにしっかりと握りこまれた。

「わかった、君がそこまで言うなら、やらせてもらう。――目をつぶってくれ」

言われるままに目を閉じて、ファニーは身構えた。歯を食いしばる。

（平手にしてくれるといいんだけどな）

そんなことを考えていると、ふっと目を閉じていてもなお明るかった周囲がわずかに陰った。頬に感じる温かくて、柔らかな感触。

てっきり殴られるものと思っていたファニーは、なにが押し付けられたのかわからなくて、不審に思いながらそっと目を開けた。

間近に、三対のつぶらな瞳があった。そしてその小さな前脚を持ち上げているアルフレッドの姿も。その顔がなぜか妙に近く、どことなく頬が上気している。

「ケルベロス……？」

嬉しそうに尾を振る、灰色の子犬にきょとんとする。アルフレッドが笑いながら身を引いた。握られていた手を離されて、アルフレッドの指先が頬をするりとなでた。

「女を殴るなんてできるわけがないだろう。ケルベロスの拳《こぶし》で納得してくれ」

アルフレッドの言葉に、ようやくケルベロスの肉球を頬に押し付けられたのだとわかったファニーは、気合いを入れていた分、脱力してしまったが、すぐにこみ上げた笑いに肩を揺らした。

「君が突然いなくなったから、実技場は大騒ぎだろうな。早く戻ろう。セルジュや君の兄上に、本当に殴り飛ばされる」

「あっ、そうだった！」

立ち上がったアルフレッドに続いて、慌ただしく立ち上がる。

そのまま下りかけたファニーは、ふと傍らを歩くアルフレッドを見上げた。

「そういえば、四つ葉のトリフィリを見つけてくれてありがとう。約束を覚えてくれていて、嬉しかった。でも、本当にわたしが貰ってもいいのかな？」

トリフィリをしまった上着を上から押さえ、満面の笑みを浮かべて礼を口にすると、アルフレッドはわずかにつまずいた。

「っ……ああ、君の招喚石を探していて偶然見つけたものだから……。それより、トリフィリ自体の花言葉を思い出したか？」

「え？　ううん」

「――それなら、いい」

含みのある笑みを浮かべたアルフレッドは、さっさと足を動かして先に行ってしまう。

「なにがいいんだよ！　ひとりで納得していないで、教えてほしいんだけど」

抗議しながら、アルフレッドの背中を追いかける。

こんなふうにささいな言い争いができることを嬉しく思いながら、ファニーは実技場へと足を速めた。

＊＊＊

【ウィンダリア招喚士学院】という名称が彫られた門の前に立ったファニーは、ストラにつけたオークリーフを象《かたど》った銀の葉のブローチを眺め、満足げな笑みを浮かべた。

「嬉しそうだな」

納得がいかなさそうな表情を浮かべた旅装姿の兄が、嘆息する。

昇級試験から一夜明けて、朝、旅立つ兄を見送りにきたファニーは、浮き立つ思いのままに笑みを深めた。

「だって、これでわたしも招喚士だから。一番下の五級だけど」

傍らに立ったセルジュが、不満げに鼻を鳴らす。

「主神を招喚したんですから、もっと等級が上でもいいと思うんですけどね」

「そこは仕方がねえだろう。招喚した主神に裏山に飛ばされてたんじゃ、昇級試験としては完全な招喚とは言えねえんだよ。それに筆記がまずかったらしいしなあ」

諭したガイになおも不服そうに唇を曲げるセルジュのストラには、四級の証《あかし》のオークリーフの金の葉が光っている。

「でも、約束は約束だからな。招喚石の盗難事件を解決して、主神と水精霊の招喚を一応はできたんだから、ひとまずは学院に残ることを認めてやるよ」

苦笑した兄に、頭を優しくなでられる。

「ただし、時々様子を見に来るからな。気を抜くなよ」

「うん、わかった」

「セルジュにも迷惑をかけるんじゃねえぞ」

「ど、努力する……」

ファニーが身をすくめると、強く頭をなでたガイは、次いでセルジュに視線を向けた。

「セルジュも、あんまりこいつを甘やかすなよ」

「できるかぎり気を付けます」

「……面倒を見させて悪いな」

憮然《ぶぜん》としたため息をつくセルジュを、慰めるように肩を叩いたガイは、それじゃな、と身を翻《ひるがえ》した。これから両親にこの状況を報告しに故郷へ戻るそうだ。

父の反応がわずかに怖くもあるが、兄ならばなんとか説き伏せてくれるだろう。

「あっ、そうだ兄上。聞きたいことがあったんだけど」

立ち去りかけたガイに、ふとあることを思い出したファニーは慌ててその背を呼び止めた。

「トリフィリの花言葉って、なんだっけ？」

「トリフィリ？」

ガイが不審そうに片眉を上げたので、ファニーは布に包んだ四つ葉のトリフィリを取り出して見せた。

「すごいな、見つけたのか」

「アルフレッド先輩が見つけてくれたんだ。すごいよね」

アルフレッドが褒められたようで嬉しくて笑みを浮かべると、ガイとセルジュが同時に顔を強ばらせた。

「――あのガキうまいことやりやがったな」

「やっぱり、別室に移動することになって、よかったですね」

不穏な空気をまといだしたふたりに、ファニーは訝《いぶか》しむように眉をひそめた。

やはりアルフレッドと同室は色々と問題があるからと、すこし早いが一人部屋の特待生室に移動するのだ。それがどう関係するのだろう。

ガイがアルフレッドのことを知らなかったのは、やはり正体を世間に公表していないせいだった。キーツ姓だと知った時の形相はかなり怖かった。その時と同じような顔をしている。

「なんでそんなに怖い顔をするんだよ。なにか悪い意味だった？」

渋面を見合わせたガイとセルジュだったが、こちらを向いたガイが半眼になって口を開いた。

「『私のものになって』」

「は？」

「だから、トリフィリの花言葉は『私のものになって』なんだよ！」

「ああ、そうだった……。え？」

目をしばたたいたファニーはようやく意味を理解して、たちまち赤面した。

「いや、違うって！　そんな意味深なものじゃない」

ふっと、花言葉を思い出したか、と言われた時のアルフレッドの含みのある笑みが脳裏に浮かぶ。

「ないないない、ありえないって。わたしを珍獣扱いして観察したい、とか言う人だし。それに、アルフレッド先輩は……」

ぶんぶんと真《ま》っ赤《か》な顔のまま首を横に振って口ごもる。

（あ、責任とれって、そういう意味だった？　いやいやありえない！）

口元を片手で押さえ、どんどんと真っ赤になっていくファニーに、ガイが苛立ったようにばりばりと頭を掻いた。

「お前にそんな顔をさせるなんて、あいつになにをされた？　いくら婚約者候補とはいえ、嫁入り前の娘に手を出すなんて、許さねえぞ。おい、ちゃんと説明しろ」

「だから、なんでもないって！　あっ、予鈴が鳴った」

鳴ってもいない予鈴が鳴ったことにして、兄の怒りを振り切るように急いで学院の中へと逃げ込む。

「セルジュ、ちゃんと見張っておくんだぞ！」

「わかりました！」

背後で交わされる言葉を聞きながら、ファニーは羞恥に顔を赤く染めたまま、一目散に教室を目指した。

エピローグ

荷物を詰めた旅行鞄《りょこうかばん》の蓋《ふた》をしっかりと閉め、ファニーはふっと息を吐いた。そうして茜色《あかねいろ》の夕日に照らされた室内をゆっくりと見回す。

壁という壁に変わった装飾ばかりの帽子が並んだ、よく言えばおもちゃ箱。悪く言えばまるで物置のように、ありとあらゆる色に溢《あふ》れた、アルフレッドの部屋を。

今日《きょう》、三か月ほど過ごしたこの部屋を出て行く。

初めこそ、あまりにも色が溢れていて落ち着かなかったが、それもいつの間にか慣れてしまった。さすがに感慨深い。

「忘れ物はないか？」

自分しかいないと思っていた部屋に唐突に響いた声に、はっとして窓の方へと目を向けた。

アルフレッドが窓枠に腰かけこちらを見ていた。その表情は逆光になっていてよく見えない。

昇級試験の日以来、アルフレッドとふたりきりになることはなかったので、なんとなく、すこしだけ気まずい。

「……うん、大丈夫。もしなにか忘れていたら、あとで取りに来る」

授業が終わった後にすこしずつ荷物を詰めていた二つある旅行鞄のひとつは、先にここと同じ特待生の階にもらった新しい部屋にセルジュが運んでくれている。

ファニーは落ち着かなげに視線をさまよわせ、しかしようやく覚悟を決めてアルフレッドの前に立った。

「アルフレッド先輩、色々とお世話になりました。部屋を占領して、窮屈な思いをさせてしまって、ご迷惑をおかけしました」

笑みを浮かべて、礼を口にする。

ここから出て行けば、もう指導生とその後輩ではなくなる。指導生制度は最低でも半年と定められていたが、昇級試験が終わる頃《ころ》には新入生も学院に慣れ、ほとんどがその意味もなくなってくる。部屋を移るのにもそう不審がられるような時期でもなかった。

アルフレッドがくすりと笑う気配がした。

「卒業でもするみたいだな」

「ある意味、そうかも」

最下級とはいえ、招喚士としての等級はもらった。あとはどこまで上に昇れるかだ。

「卒業っていえば、卒業後の目標がなんとなく見つかったかもしれないんだ。……アルフレッド先輩がグリュプスを静めようとしていた時、わたしはなにもできなかった。あんな悔しい思いはもうしたくない」

ぎゅっと拳《こぶし》を握る。あの時の歯がゆさは、どうしても忘れることはできなかった。

「やっぱり守られてばかりは嫌なんだ。一級招喚士になったら招喚士協会に所属して、あちこちで困ってる人の助けになりたい。今度はわたしが守る側になりたいんだ」

確固とした決意で、アルフレッドを見据える。

「これって、目標だと思う？」

しばらくアルフレッドは無言でいたが、やがて窓枠から立ち上がった。

「いいんじゃないか。――でも、ひとつだけ言わせてくれ」

静かに近寄ってきたアルフレッドは、ファニーの目の前で立ち止まった。そこでアルフレッドの招喚石がはめ込まれたアスフォデルの金花が、再び銀箔で覆われていることに気付く。

それに気を取られていたので、肩に片手を置いて身を屈《かが》めてきたアルフレッドに、対処が遅れた。

「それ、僕に守られるのも嫌なのか？」

耳に吹き込まれた言葉に、ファニーはどきりとしてそちらを見てしまった。アルフレッドの柘榴色《ざくろいろ》の双眸《そうぼう》が間近にある。その瞳《ひとみ》が妙に熱に浮かされたようにうるんでいた。

――トリフィリの花言葉は『私のものになって』なんだよ！

兄の言葉がふっと蘇《よみがえ》る。

「うわぁああっ！」

急激に湧《わ》き起こった羞恥心《しゅうちしん》に耐えられず、ファニーは悲鳴じみた奇声を上げて、アルフレッドを思い切り突き飛ばした。予想外のことだったのか、見事にしりもちをついたアルフレッドに目もくれずに、扉へと走る。

「か、からかうのも、いい加減にしてくれ！　アルフレッド先輩なんか大嫌いだ！」

真《ま》っ赤《か》な顔をしていては、説得力などあったものではないとわかっていたが、ファニーは怒鳴るだけ怒鳴ると、唖然《あぜん》とするアルフレッドを置いて、部屋の外へと飛び出した。

（なに逃げてるんだよ！　アルフレッド先輩は守られるのは嫌なのか、って聞いただけじゃないか）

特待生の階の廊下はそもそも入室している人数が少ないせいか、人気がない。その廊下をばたばたと走り、新しい自分の部屋へと飛び込んだ。

「ちょっ、ファニー、なに、どうしたんですか？」

ちょうど部屋の中から出てこようとしたセルジュに、ファニーは力いっぱい抱きついた。あまりの勢いにセルジュが数歩後ずさる。

「アルフレッド先輩が馬鹿《ばか》なんだ！」

「いや、それは知っていますけど……」

なにを今更わかりきったことを、という口ぶりのセルジュに、すこしだけ落ち着きを取り戻す。

「なにを言われたのか知らないですけど、どうせ……。あなたはなにをしたんですか？」

急に氷のように冷えた声を発したセルジュに、ファニーは腕を緩めておそるおそる背後を振り返った。

戸口のところに、困惑した表情のアルフレッドが立っていた。ゆっくりと扉を閉めたアルフレッドは腕を組んで、こちらを見つめてきた。

「なにもしていない。ファニー、本当に僕のことは嫌いなのか？」

「……大嫌いだ」

「本当か？　顔も見たくないくらいに？」

故郷で飼っていた犬のように落ち込んで耳を下げている幻が見えた気がしたが、ファニーはその懇願するかのような視線から無理やり視線をそらした。抱きついたままのセルジュの肩をなおさらきつく握る。

「……っ嫌いだ」

「じゃあ、あれはなんだ？」

アルフレッドの指摘に、ファニーは不審に思いながらも振り返って彼が指さした先を見やった。そこにあったのは、水の入れられたグラスに活けられた四つ葉のトリフィリ。

荷物よりも先にファニーがこの部屋に運んだものだった。

「あれはっ、その、珍しいから、枯らしたらもったいないっていうか……っ」

あたふたと言い繕っていると、抱きついていたセルジュに、やんわりと手を引きはがされた。

「オレがいたたまれないから、巻き込まないでくれますか？」

呆《あき》れたような視線に、ファニーは押し黙った。そうしてくるりとアルフレッドの方に向きを変えられる。次いでセルジュはトリフィリが置いてある机の前に立った。

「アルフレッド先輩が嫌いなら、これは捨てていいですね？　嫌いな人からもらったものはいらないですよね」

「……え」

ぽかんとしたファニーの目の前で、セルジュがグラスを持ち上げる。そのまま窓の外に腕を伸ばした。

「捨てますよ？　いいですよね？」

「……っ、駄目！」

セルジュがグラスを傾けた瞬間、ファニーはその腕に飛びついた。今にも流れ落ちそうだったトリフィリを救い出す。ほっとしてトリフィリを握ると、顔をしかめたセルジュと目が合い、いたたまれずに顔をそらす。

「いつもは素直なのに、変なところで頑固なんですから、あなたは」

嘆息したセルジュが空になったグラスを机の上に置き、アルフレッドの立つ戸口へと向かう。

「ファニー、残りの荷物はまだアークライト先輩の部屋にあるんですよね？」

「え、あ、うん……」

「じゃ、オレがすぐに取ってきますから」

完全にアルフレッドの存在を無視したセルジュは、そのまま部屋の外に出て行ってしまった。

呼び止める間もなく、アルフレッドと室内に取り残されてしまったファニーは手にしていたトリフィリを握りしめたまま、緊張感に身を強《こわ》ばらせた。

(ど、どうすればいい……っ)

こつりと足音がして、アルフレッドが一歩近づいてくるのに、びくりと肩を揺らす。

「そんなに怯《おび》えないでくれ。君がそんな様子だとさすがに傷つく」

苦笑交じりの声に、はっとして顔を上げる。

「ご、ごめん……」

「謝るのは僕の方だ。あまり急に近づきすぎると、君は逃げるみたいだな」

アルフレッドの声がどこか寂しそうな声に聞こえるのは、自分が後ろめたいせいだろうか。

アルフレッドが目を細めた。綺麗《きれい》な柘榴色の双眸が、夕日に反射してなおさら赤みを増す。

「嫌われたくはないから、すこし距離を置こうと思う。合同授業もうないから、ちょうどいい」

それだけ言い切ると、アルフレッドは扉を開けた。

「それじゃ、色々と頑張ってくれ」

簡潔な言葉だけを残して、アルフレッドは部屋を出て行ってしまった。

「――あれ？　窓から出て行かないんだ……」

あまりにもあっさりとした別離の言葉に、ファニーは呆然《ぼうぜん》とどうでもいいことを呟《つぶや》いた。

途端にこみ上げてくる身が軋《きし》むような後悔。

いくら、恥ずかしくてたまらなかったとはいえ、逃げたり、大嫌いだと言ったり、怯えたりするのは、アルフレッドに対してはよけいにやってはいけないことだった。それが嫌いでないなら、なおさらだ。

ファニーは足がもつれそうになりながらも、部屋の扉を開けた。飛び出そうとして、向こうからセルジュが旅行鞄を持ってやってくるのに気付く。

「アルフレッド先輩を見なかった？」

「え？　知りませんよ」

訝《いぶか》しげなセルジュに、ファニーは愕然《がくぜん》とした。廊下には階段がひとつしかない。部屋にも戻っていないとなると、おそらくは廊下の窓から出て行ってしまったのだろう。

行先には見当がついていたが、それでも足は動かなかった。

アルフレッドを傷つけたかもしれない。

そう思うと、どうしても一歩が踏み出せなかった。

「なあ、セルジュ、ステファンの奴《やつ》が朝から元気がないけど、どうしたんだ？」

「自己嫌悪の海を泳いでいるんですよ、ニコラ」

「へ？」

「しばらく放っておいていいですよ。ふたりとも馬鹿なんですから」

そんな会話が机に突っ伏したファニーの側《そば》でされていたが、それに言い返す気力もなかった。

結局あれから新しい部屋で眠れない一夜を過ごし、答えが出ないまま授業を受けている。

きっともうアルフレッドは誘いには来ない。

（どうすればよかったんだ……？）

どうにも授業に身が入らずに、教本をぼんやりと見つめているうちに、終鈴が鳴った。

その途端、がらりと勢いよく教室の扉が開けられる。

そこに現れた奇抜な制服に、無駄に装飾されたトップハット、鍵《かぎ》だらけの臙脂《えんじ》のストラをかけた男子生徒は、硬直しているファニーと目が合うと、にっこりと微笑んだ。

「さあ、行こうじゃないか、親愛なるご主人様！　健気《けなげ》な下僕ともちろん昼食を共にしてくれるだろう？」

「だから、わたしがいつ先輩のご主人様になったんだよ！」

ファニーは勢いよく立ち上がって、明るく笑うアルフレッドにつかつかと歩み寄った。その背後で、ようやくクラスメイトがざわめき出す。教師はというとまるで逃げ出すようにそそくさと教室から出て行った。

「距離を置くって言った先輩が、どうして昼食を誘いに来るんだよ」

「ええ？　だから距離を置いたじゃないか。一晩と数時間。合同授業だってないし」

「それは距離を置くって言わない！　わたしが悩んだ時間を返せ！」

アルフレッドのストラを握って、激しく揺さぶる。すっかり入学当初の姿と言動にもどってしまった彼に、嬉《うれ》しいような寂しいようななんとも言い表せない気分になる。

その後ろを、クラスメイトたちが笑いながら昼食をとりにぞろぞろと外へと出て行く。

「なんか、あのやり取りがないと、昼休みが始まらないんだよな」

そんな声が耳に入って、ファニーがそちらを見ると、ニコラとセルジュが反対側の入り口でひらひらと手を振って出て行くところだった。

「ほら、ファニー、みんな行ってしまうよ」

腹立たしくもけろりとした様子のアルフレッドに、なおさら苛立《いらだ》って、ファニーは誰もいなくなった教室から憤然と足を踏み出そうとした。しかし、ふと思いなおして、あとからやってこようとしたアルフレッドをくるりと振り返った。

「でも、誘いに来てくれて、嬉しかった」

なんとなく気恥ずかしくなりながら、はにかんだ笑みを浮かべてアルフレッドを見上げる。もう来ないかと思っていただけに、嬉しさはひとしおだった。

トリフィリの花言葉は花言葉であって、直接アルフレッドから聞いたわけでもないのだ。あれこれ考えても仕方がない。自分の気持ちだっていまいちよくわかっていないのだから。ただ。

「やっぱり、先輩がいないとつまらないっていうか……」

アルフレッドは目を泳がせた。そしてすぐに妙に真剣な視線を注いでくる。

「……君はどうしてそう、僕を翻弄《ほんろう》させるようなことを言うんだ……」

「翻弄？　なんだそれ」

きょとんと問い返すと、アルフレッドはぐっと言葉を詰まらせた。その頬が赤い。

「……ファニー」

「なに？」

アルフレッドがわずかに強ばった低い声で呼びかけてくるのに、首を傾《かし》げる。

するとアルフレッドの手が伸びてきたかと思うと、教室の扉を閉めた。

「婚約を受けることにした。簡単に許すと、僕はつけあがるから、そのつもりでいてほしい」

嫣然《えんぜん》と笑ったアルフレッドに、そう耳元で囁《ささや》かれたファニーは、またもや悲鳴とも奇声ともつかない声を上げて教室から逃げ出した。

（やっぱりアルフレッド先輩は馬鹿だ！）

心の中でそう怒鳴りながら、ファニーは廊下を駆けて行った。

あとがき

はじめまして、もしくはお久しぶりです。紫月恵里です。

さて、今回は男装少女の学院生活です。変わり者の先輩のかけあいを書くのは楽しかったです。苦労性の周囲には、同感しながら書いていたり。

そしてとても美麗なイラストを描いていただきました、伊藤明十先生に感謝します。ファニーが想像していた通りの姿だったので、ものすごく感激しました。あと、ケルベロスがすごく可愛いです。もふもふです。もふもふは正義！

今回も担当様を始め、沢山の方にご助力をいただき、頭が下がる思いです。色々とぎりぎりになってしまい、大変ご迷惑をおかけしました。

最後に、この本を手に取っていただいた読者様に、最大級の感謝を。楽しんでいただけますと、嬉しいです。

それでは、またお目にかかれることを切に願いつつ。

紫月　恵里

わけあり招喚士《しょうかんし》の婚約《こんやく》
冥府《めいふ》の迎《むか》えは拒否《きょひ》します

2015年7月1日　初版発行

著　者■紫月恵里
発行者■杉野庸介
発行所■株式会社一迅社
〒160-0022
東京都新宿区新宿2-5-10
成信ビル8F
電話03-5312-7432(編集)
電話03-5312-6150(販売)

印刷所・製本■大日本印刷株式会社
DTP■株式会社三協美術

装　幀■萱野淳子

ISBN978-4-7580-4715-9

●この作品はフィクションです。実際の人物・団体・事件などには関係ありません。

この本を読んでのご意見
ご感想などをお寄せください。

おたよりの宛て先

〒160-0022
東京都新宿区新宿2-5-10
成信ビル8F
株式会社一迅社　ノベル編集部
紫月恵里《しづきえり》 先生・伊藤明十《いとうあきと》 先生